FERRO & FOGO

GERENTE EDITORIAL
Roger Conovalov

PROJETO GRÁFICO
Lura Editorial

DIAGRAMAÇÃO
Juliana Blanco

REVISÃO
Alessandro de Paula

CAPA
Lura Editorial

Todos os direitos desta edição são reservados à editora.

LURA EDITORIAL – 2019
Rua Manoel Coelho, 500. Sala 710
São Caetano do Sul, SP – CEP 09510-111
Tel: (11) 4318-4605
Site: www.luraeditorial.com.br
E-mail: contato@luraeditorial.com.br

Todos os direitos reservados. Impresso no Brasil.
Nenhuma parte deste livro pode ser utilizada, reproduzida ou armazenada em qualquer forma ou meio, seja mecânico ou eletrônico, fotocópia, gravação etc., sem a permissão por escrito da editora.

Catalogação na Fonte do Departamento Nacional do Livro
(Fundação Biblioteca Nacional, Brasil)

Ferro e fogo: contos medievais / Lura Editorial – 1ª ed. –
São Paulo: Lura Editorial, 2019
200p.

ISBN: 978-65-80430-28-4

1. Ficção 2. Ficção histórica 3. Idade Média I. Título.

Índice para catálogo sistemático:
I. Ficção. B869.1

www.luraeditorial.com.br

Organizado por
Márcio Pacheco

FERRO & FOGO
CONTOS MEDIEVAIS

Lura
EDITORIAL

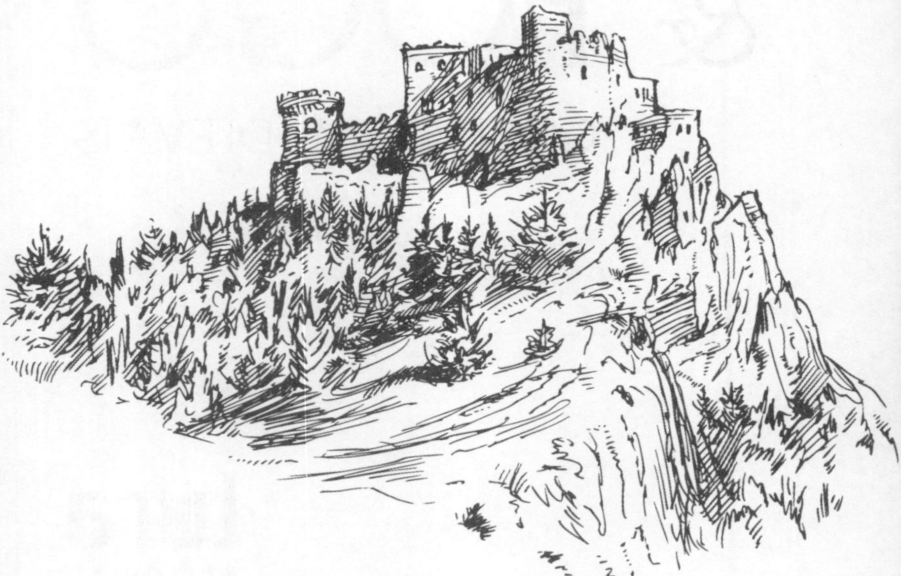

Sumário

A última benção **09**
    Por Rodrigo B. Scop

Nossos e vossos dragões **16**
    Por Arcano

A ruína de Chastelet **22**
    Por Yara A. Belmonte

Flecha negra **30**
    Por Luís R. Krenke

O vassalo e a filha **38**
    Por Jeane Lima

Suspiros de uma jovem dama **42**
    Por Tauã Lima Verdan

Marion, a pastora de ovelhas **49**
    Por Marcy Hazard

De anjos e Valkyrias **57**
    Por Felipe R.R. Porto

Haìresis: a escolha **67**
    Por Nicoletta Mocci

A lança do destino **74**
    Por Dennise Di Fonseca

As rainhas viúvas **83**
    Por Alexandre Félix

A ruína de Úlfr **90**
    Por R. P. Wolf

A criada desacreditada **98**
    Por Éricson Fabrício

Assassino em Zul **104**
    Por Haramiz

O cavaleiro celta **108**
    Por Antonio Pacheco

Aljubarrota **120**
    Por Gustavo Quadros

Almas simples **132**
    Por R. D. Finn

A última cruzada de um templário **139**
    Por Bruno Provazi

No coração do mundo **146**
    Por S. F. Abdalla

Reza a lenda **159**
    Por Becky Falcão

Para além do Ebro **166**
    Por Elmano Araújo

Reconquista **171**
    Por Eduardo Balthar Matias

Uma batalha por uma voz 177
  Por Lorena da Costa

A filha 179
  Por J.P. Chamouton

Uma camisa de Cambraia 185
  Por A.M. Amaral

Ferro e fogo 192
  Por Márcio Pacheco (organizador)

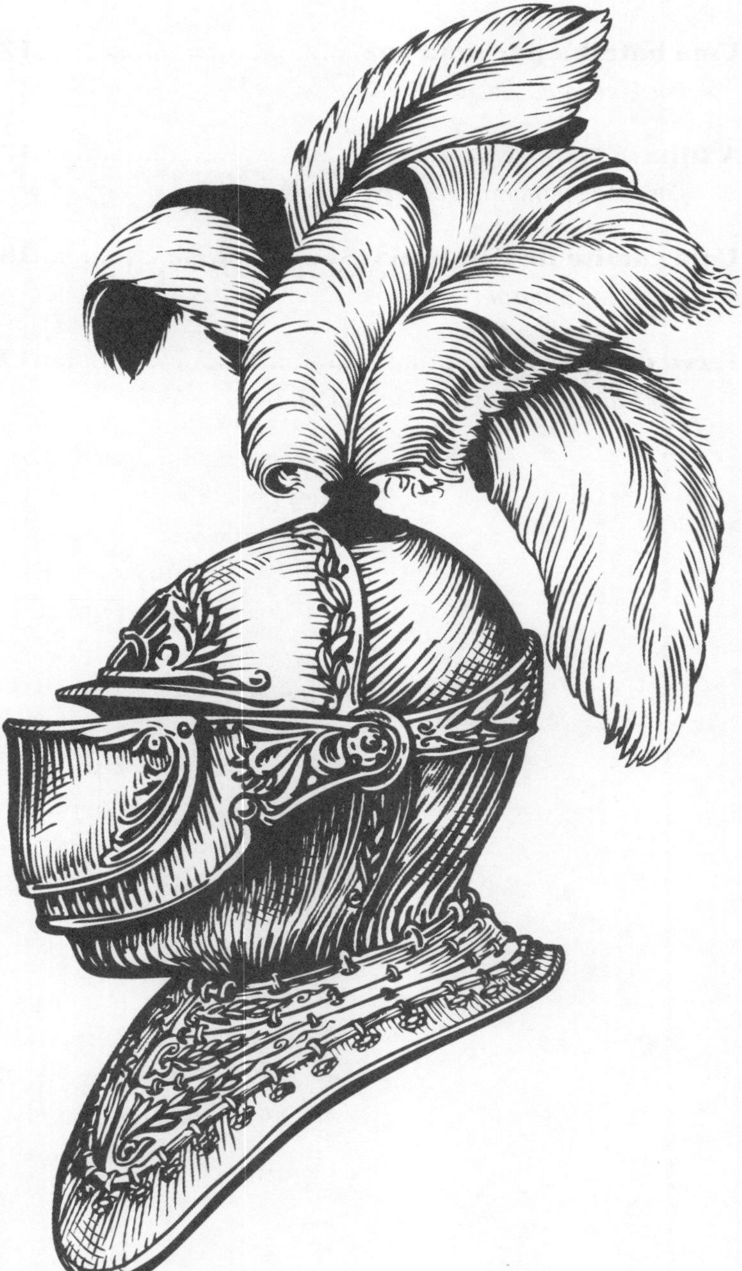

A última benção

Por Rodrigo B. Scop

Gaius Rutilius Bestia acordou sobressaltado com o som de trombetas e cornos militares reverberando sobre Roma. Sentou-se em sua ampla cama de lençóis sedosos, esfregou o rosto e coçou o topo calvo da cabeça. Seu sono era pesado, algo pelo qual agradeceu em seus anos de legião, mas que agora poderia cobrar um preço em sangue. Gritos ecoavam e prédios começavam a queimar no horizonte, mergulhando o quarto em um breu alaranjado e dançante. Ouviram-se cascos contra a rua pavimentada com pedras e os berros de um homem:

– Os godos entraram! A cidade foi invadida!

Gaius saltou da cama, vestiu uma túnica e correu para um enorme baú no canto de seus aposentos, enquanto Naevia, sua escrava, colocava sua roupa e espiava a janela.

– Naevia, traga Marcus – ordenou Gaius, deparando-se com o armamento guardado com zelo no fundo do baú. Armadura, elmo, *spatha*, punhal e escudo circular.

A escrava se apressou, mas seus passos logo cessaram.

– Estou aqui, pai.

Gaius olhou sobre o ombro e sorriu para o filho, que segurava um *gladius* e exibia convicção. O garoto de doze anos herdara sua garra e sua paixão pela guerra.

– Venha aqui – Gaius abaixou-se e gesticulou para Marcus, que se aproximou. Colocou as mãos nos ombros do filho e o encarou fundo nos pequenos olhos. – Sei que deseja combater por Roma, e um dia fará isso, mas o momento ainda não chegou. Preciso que fuja com Naevia. Corram até a basílica de São Pedro e se escondam lá.

Marcus balançou a cabeça de um lado a outro, apertando os lábios.

– Quero combater a seu lado. Já consigo brandir bem o *gladius*. Sou forte, posso lutar.

– Tenho certeza que sim – concordou Gaius, forçando um sorriso e engolindo em seco. Gritos exteriores apressaram seus pensamentos. – No entanto, hoje você deve fugir. E isso não é covardia. Você precisa permanecer vivo para administrar os negócios da família e servir Roma no futuro, quando for ainda mais forte e hábil. Jure que fará isso.

Marcus hesitou, alternando olhares entre seu pai e a janela de reflexos flamejantes. Não desejava desapontá-lo, mas também queria ajudar Roma.

– Prometa que fará o ordenado – insistiu Gaius. – Pelos deuses antigos e pelo novo.

– Eu prometo – disse por fim, deixando os ombros caírem com um suspiro.

– Agora ajude Naevia a me preparar.

Marcus esboçou um sorriso e os três se debruçaram sobre o baú. Em instantes, Gaius se encontrava em seu traje completo. O elmo era mais incômodo do que ele se lembrava, e a armadura, composta por pequenas placas, estava folgada no corpo. Os anos não haviam presenteado Gaius com gordura, mas diminuído seus músculos. Ele atou o punhal e a *spatha* à cintura. Ao se inclinar sobre o baú e pegar o enorme escudo arredondado com a águia romana pintada em amarelo e vermelho, Gaius relembrou seu peso e temeu não conseguir brandi-lo por muito tempo. Ainda assim, fez uma pose digna de uma escultura para impressionar o filho.

Os três desceram as escadas e pararam diante da porta. O alvoroço nas ruas parecia cada vez mais próximo, e Gaius conseguia imaginar o som de espadas e escudos se chocando. Ele correu até uma pequena biblioteca e retornou com duas bolsinhas de moedas, que Marcus atou no cinto de sua túnica.

– Você sabe onde está escondido o resto.

Marcus assentiu, e Gaius tocou seu rosto, abrindo um novo sorriso. Então o romano abraçou Naevia, cochichando em seu ouvido:

– Cuide de Marcus.

A escrava foi assertiva em seu movimento de queixo, mas a ideia de fugir agitava sua mente. Poderia roubar o ouro das mãos de Marcus e escapar em meio ao caos na cidade. Entretanto, sabia não possuir um lugar para ir, e Gaius sempre a tratara bem. Enquanto seu senhor abraçava Marcus, Naevia decidiu rumar para a basílica, como ordenado.

– Confio que me fará orgulhoso, filho – concluiu Gaius, ao recolher os braços.

Apertando o punho do *gladius* em sua mão, Marcus assentiu com segurança, ignorando o coração palpitante e as pernas trêmulas.

– Vocês sairão atrás de mim e correrão rua acima, na direção da basílica. Só pararão quando chegarem lá.

Naevia e Marcus engoliram em seco ao mesmo tempo, como se tivessem ensaiado. Ao sinal de Gaius, a escrava abriu a porta, e ele correu para fora com o escudo erguido. Não havia inimigo algum por perto. Ele se virou a tempo de ver os dois correrem para longe, tomando a parte alta da via. Marcus olhou para trás. Pai e filho trocaram um último olhar e compartilharam um derradeiro aceno convicto de queixo.

Assim que Naevia e Marcus sumiram na curva da rua, Gaius apoiou o escudo em suas pernas e retirou o elmo, encaixando-o sob a axila. Admirou as construções que o cercavam, tentando gravar na memória suas últimas imagens de Roma. Famílias fugiam, gritos ecoavam, chamas subiam aos céus. Então a invasão apareceu diante de seus olhos, ao longe, na parte baixa da rua.

Gaius morreria como sempre quis, pela espada. Respirou fundo e prometeu a si mesmo fazer jus ao cognome carregado há gerações, lutando como uma fera enviada pelos deuses para punir os inimigos de Roma. Quanto mais matasse, maiores seriam as chances de Marcus e Naevia sobreviverem.

Em silêncio, clamou pela benção de Marte. Então estralou o pescoço, torcendo-o para ambos os lados, colocou o elmo de volta e encarou os poucos homens que se colocavam ao seu lado. Portavam diferentes tipos de armas, e o pânico estampava seus rostos. Desejavam fugir e se salvar, em vez de morrer de maneira honrada por Roma. Gaius encarava esse comportamento como uma das razões para o enfraquecimento do império. A época das corajosas e vitoriosas legiões havia ficado para trás, cedendo espaço para costumes bárbaros cada vez mais enraizados em todo cidadão. Entretanto, ele não se retiraria do combate. Morreria como um verdadeiro romano.

Cada vez mais próximo, um grupo de guerreiros godos subia a rua. Eram cerca de quarenta homens que se comportavam como arautos do caos. Invadiam casas, exigiam a localização de tesouros, estupravam mulheres, matavam quem se opusesse, ateavam fogo. Gaius ouvia gritos e objetos sendo quebrados, mas nenhum clangor de metal contra metal. O bando inimigo, furioso e sedento por sangue, parecia não encontrar resistência.

Gaius Rutilius Bestia inflou o peito, desembainhou a *spatha* e ergueu seu escudo, encarando o aparente líder do grupo inimigo, um homem de nariz largo e vasta barba repartida em quatro tranças. Gaius sinalizou para seus dezessete conterrâneos e avançou. Nem todos o seguiram, e o romano percebeu risos de satisfação dos inimigos. O godo de barba trançada gargalhava, enquanto alguns de seus homens avançavam contra os romanos.

Com um estrondo, ambos os lados se encontraram, escudo contra escudo, armas contra armas, em um embate desordenado. O impacto fez o ombro esquerdo de Gaius tremer e seu trapézio enrijecer. Por um instante, pensou que seu corpo cederia ao jovem inimigo à sua frente. Esticou a perna direita para trás e jogou todo seu peso contra o escudo. Conseguiu resistir. De imediato a lâmina do oponente passou por baixo dos escudos, errando sua perna por centímetros.

Com agilidade, Gaius avançou, rebaixando o escudo o suficiente para brandir sua *spatha* acima dele. A ponta de sua arma passou sobre a defesa inimiga e atingiu elmo e testa, derramando sangue. O golpe não acertou em cheio, mas foi o suficiente para deixar o godo desorientado. Gaius elevou o escudo e brandiu sua lâmina por baixo, abrindo a virilha do inimigo, que foi ao chão com um grito desesperado.

Gaius desejou avançar para um golpe derradeiro, mas precisou recuar diante da investida de outro oponente. Escondeu-se atrás do escudo, junto de sua lâmina ensanguentada, e a espada inimiga resvalou na bossa do escudo, fazendo ressoar o clangor de metal. Gaius sentiu o braço esquerdo vibrar e lançou o direito em um ataque ascendente, buscando as mãos desprotegidas do godo, que não as recolheu em tempo. Dedos voaram, e Gaius viu quando a arma bárbara de empunhadura ensanguentada tocou o chão. Então lançou o escudo contra o oponente e brandiu a *spatha*, acertando outra virilha.

Dessa vez o romano sequer tentou o golpe de misericórdia. Um de seus conterrâneos caiu contra seus joelhos, a cabeça presa ao pescoço apenas por uma tira de tendões e músculos. Gaius pulou para trás, se desvencilhando do morto e conseguindo ficar de pé a tempo de se proteger de um pesado machado de batalha.

O escudo rangeu e rachou diante do ataque devastador, e Gaius soltou-o ao percebê-lo preso ao machado, avançando com sua *spatha* e estocando a garganta do soldado godo, que desabou gorgolejando sangue.

O romano recuou, pronto para aparar um ataque com sua lâmina, mas nada o ameaçou. Ele observou os arredores. Seus compatriotas ou jaziam mortos no pavimento cinza ou estavam cercados por inimigos, prestes a encontrar os deuses. O godo de barba trançada, o aparente líder, vinha em sua direção, sem qualquer pressa aparente, enquanto outros continuavam com as invasões às residências. Ele brandia uma espada e tinha expressões ensandecidas e deleitadas com o caos a sua volta.

Em silêncio, Gaius pediu a benção de Marte para derrotar mais aquele inimigo de Roma. Inspirou e expirou, retornando ao transe frenético do combate. Então lançou sua *spatha* em um ataque frontal descendente, buscando o pescoço do oponente. O godo aparou o golpe e, empurrando a lâmina de Gaius para baixo, tentou estocá-lo. O romano recuou e empurrou as espadas para o outro lado, tentando sobrepor sua *spatha* à arma inimiga. Entretanto, o godo de barba trançada resistiu, e o ímpeto de ambos levou as lâminas para cima, fazendo seus braços e mãos se aproximarem em um impasse feroz.

Grunhindo com maxilares trincados, os dois guerreiros usavam uma mão para segurar suas próprias armas, enquanto a outra agarrava o punho armado do inimigo. Não enxergando outra saída, eles empurraram um ao outro e, ao se afastarem, desceram suas lâminas, que se encontraram com um clangor assustador.

Enquanto Gaius manteve sua arma firme, o godo permitiu que a sua girasse em arco, aproveitando a força do impacto para impulsionar um movimento de meia-volta contra o pescoço do romano. Gaius moveu a *spatha* para se proteger, mas não a tempo de evitar o golpe gótico, apenas desviá-lo. Seu ombro explodiu em uma dor atroz.

O romano não teve tempo para pensar no ferimento. O inimigo começou uma nova meia-volta, mirando o pescoço pelo outro lado. Gaius protegeu-se com a lâmina, dessa vez com sucesso. Entretanto, o choque entre as armas fez o ombro ferido vacilar, e o romano soube que seria inútil continuar com a *spatha*.

Antes que recebesse outro ataque, sentindo uma pontada agonizante no ombro direito, Gaius soltou a arma, agarrou o pulso do godo e avançou sobre ele, desembainhando o punhal. O inimigo recuou, mas não conseguiu afastar a ponta da lâmina curta, que se enterrou em sua garganta. Com um movimento brusco, Gaius girou o punhal e puxou-o de volta, estraçalhando traqueia e artéria e se lambuzando com o sangue bárbaro.

Quando caiu no chão sobre o corpo em espasmos, Gaius percebeu ter sido atingido abaixo do braço pela espada do godo. Ignorando o novo ferimento e a dor no ombro, o romano se ajoelhou, procurando por uma nova vítima para seu punhal.

Não teve tempo. Um machado se fincou em sua clavícula. Com um pontapé, o inimigo puxou a arma de volta, e Gaius sentiu o corpo girar e encontrar o chão. Enquanto afogava em seu próprio sangue, o romano tinha os olhos vidrados no céu escuro e sem estrelas, iluminado pelos prédios em chamas. Pensou em Marcus e em Naevia, incerto sobre ter conseguido ajudá-los, mas satisfeito por ter feito jus ao cognome Bestia. Seus ancestrais estariam orgulhosos.

Ao partir para o outro mundo, Gaius Rutilius Bestia não sabia que seu filho e sua escrava alcançariam a basílica e que sobreviveriam aos três dias de saque dos godos em Roma. Tampouco sabia que seus tesouros não seriam descobertos pelos invasores. Ainda assim, partiu com um sorriso orgulhoso, certo de ter sido abençoado por Marte em sua última batalha e de ter morrido como um verdadeiro romano.

Nossos e vossos dragões

Por Arcano

A menina Xoana vivia em um pequeno vilarejo, bem longe de Vigo, na Galícia. Não deveriam morar mais de vinte famílias por ali. Sua mãe já havia dado cria a seis crianças. Somente metade sobreviveu aos rigores dos invernos. Ela era a mais velha. Tinha a tez pálida, quase a altura de uma mulher, já tinha completado doze aniversários e estava perto do décimo terceiro, seu corpo começava a ganhar as curvas de mulheres, contudo, a lua ainda não viera cobrar-lhe o débito de sangue. Ela era uma camponesa sadia, o que muitos poderiam entender como bela. Os cabelos ondulados eram castanhos num tom bem claro, os olhos eram grandes em um tom do bronze polido, o rosto pequeno, poucas sardas, bochechas lisas, quase sem marcas, o nariz, apesar de pequeno, empinado, quase petulante.

O cotidiano se resumia a ajudar a mãe. O pai passava muito tempo nas plantações do senhor daquelas terras. Xoana dividia um canto de dormir com dois irmãos mais novos: um de seis anos, que tinha parado de mamar há menos de um ano, e somente brincava enquanto podia, e outro de oito anos, que já saía com o pai para servir-lhe em pequenas funções na lavoura. Xoana alimentava as galinhas, as cabras e o casal de porcos. Asseava quando necessário o irmão mais novo, cortava a lenha que o irmão do meio trazia, e ajudava a mãe na feitura do que comeriam. Quando sobrava tempo, quando podia se distanciar da casa, ela corria para o bosque próximo onde se encontrava com outras meninas. Normalmente estas estavam a lavar roupas e utensílios no pequeno córrego que por ali passava. Elas riam bastante, comentavam sobre pequenos acontecimentos que atravessavam suas rotinas, brigas familiares, olhares de rapazes, olhares de homens, olhares do vigário, coisas que ouviam dos padres que visitavam o vilarejo, sobre as que já haviam engravidado e sobre as que estavam para casar.

Em um dia em que ela falava com duas de suas amigas, uma senhora, uma viúva, conhecida por todos, adoentada, apareceu. As meninas calaram e olharam para ela. Apesar de frágil e olhar debilitado, a senhora causava um desconforto crescente nas jovens. O cabelo nunca estava preso ou coberto, os lábios eram escuros e tortos, rugas se acumulavam perto dos olhos e sobre o nariz, as vestes eram farrapos que se uniam em torpe costura. Ela forçou um sorriso vacilante, manteve a distância. E colocou um pequeno balde de madeira para pegar água. Bebeu um pouco, olhou para as meninas e começou a contar uma história. Os olhos das três fitaram fixamente a viúva, e seus ouvidos estavam completamente atentos ao que viera a ser dito.

Ela contou que, quando era uma menina como elas, era muito bonita, com longos cabelos escuros, pequenos olhos escuros, brilhantes e vivazes, um nariz pontudo, bochechas cheias e chamativas, nem alta nem baixa. Cobria e prendia os cabelos desde muito pequena e não os soltava, sua avó dizia que os cabelos dela eram como uma serpente escura, como um dragão negro. Ela disse que sorria e seu ego inflava. Quase não via o pai e os dois irmãos mais velhos que viajavam em um barco que tinha o nome de um dragão, e custavam a voltar. Quando voltavam traziam comida e coisas variadas de outros lugares; tecidos, utensílios, joias etc. Um dia voltaram e traziam carne salgada. Pediram para assar carne salgada no terreno cedido pelo senhor daquelas terras. Os irmãos a abraçaram e carregaram-na, riam bastante, dizendo que ela ainda era pequena perto deles. O pai estava muito surpreso. Para ele, ela crescera demais, principalmente o quadril e o busto. Quase não lhe deu atenção com gestos ou falas, mas seus olhos pousaram e deslizaram por um largo tempo sobre ela. Beberam o vinho que traziam, garrafas bonitas e arredondadas. Cantaram, beberam, gargalharam. Ela aproveitou para ir até o córrego no bosque para encontrar com aquele que um dia seria seu marido e pai dos filhos que seriam convocados pelo senhor daquele território para uma guerra da qual jamais voltariam. Assim ela o fez e voltou quando a noite já caía.

De longe viu que apenas restavam faíscas da fogueira feita pelo pai e os irmãos. Os dois irmãos jaziam deitados pelo chão, adormecidos, defecados. Entrou na casa e viu sua mãe no chão. Seu pai agredia constantemente sua mãe, mas não chegava a este ponto, nunca. Havia sangue. Seus pequenos olhos se arregalaram, seu corpo tremeu por inteiro, paralisou. O grito estava brotando na sua jovem alma e, quase chegando para fora, uma mão forte segurou-lhe a boca. Um braço laçou-lhe o corpo e o apertou com muita força. Uma voz sussurrou-lhe que era o dragão. Ela começou a fazer força para se soltar, contudo, ela mesma se conteve. Poderia ser o dragão, mas falava com a voz de seu pai. Ela começou a chorar. Não foi difícil para ele rasgar a própria roupa e depois a dela. Não eram os odores fortes e misturas do pai que lhe causavam o maior incômodo, mas sim os toques brutos, o roçar da barba, as mordidas; a dor. Sua mãe e irmãos só acordaram no outro dia. Quando viram-na assustada, malvestida, com os olhos cheios de lágrimas e com sangue entre as pernas, sobre o vestido... ela respondera apenas que fora o dragão.

As três meninas tremiam, os lábios estavam brancos e secos, dos olhos de duas vertiam lágrimas. A viúva continuou. Falou que os dragões, apesar do que dizem sobre seu tamanho e forma, aparecem sem avisar, e que se escondem nos lugares mais improváveis. Que elas tivessem cuidado, que rezassem todas as noites e evitassem sair às escondidas. Voltou com o balde cheio de água para a casa que, futuramente, muito em breve, seria seu próprio túmulo.

As meninas também voltaram para suas casas. E não saíram tão cedo.

Xoana tremia e não deixava de pensar em cada detalhe contado pela velha viúva. Não passava-lhe em nenhum momento que aquela história poderia ser apenas uma invenção para assustá-las. Apenas rancor de alguém que lamentara perder a juventude e seus entes. Nada que pudesse ajudar de alguma maneira a diminuir o medo e a impressão que o relato deixara. Ela evitou olhar para a mãe e o irmão mais novo, ficou longe, atrás do galinheiro, olhando o descampado e as poucas árvores, o sol do outono que se punha devagar no horizonte; olhava, mas não via – sua cabeça estava a imaginar os dragões e o que fazia de tão mal às meninas como ela.

Então o pai e o irmão chegaram. Ela estremeceu.

Nunca tivera tanto medo de seu pai, nem quando ele estava irritado, nem quando descontava todas as frustrações sobre ela e os irmãos. Agora, tinha medo que o dragão tivesse ido parar debaixo da pele do pai, e estivesse esperando o momento certo de tomá-la. Ela se escondeu, tentou se cobrir com folhas e feno. Entretanto, a mãe a chamou. E repetiu. Mesmo apavorada, ela se levantou e foi para a casa. A cabeça estava baixa, assim como os olhos, e o coração estava num pulsar como nunca antes em sua curta vida.

A mãe havia preparado uma sopa com coelhos. Refogara com algumas ervas locais. O cheiro era bom, havia bastante. Os irmãos estavam eufóricos e ansiosos, a mãe sorria. O pai estava exausto, o seu cheiro era quase tão forte quanto do ensopado. Só não era agradável. Ela notou os braços fortes do pai, os poucos grandes dentes que lhe restavam, as unhas sujas e largas, os pelos do rosto da grossa barba. Sentiu muito mais medo que asco. Então o pai olhou para o irmão do meio, e contou a história que ouviram nas plantações: um homem afirmava ter visto um dragão, e dissera que, por mais que sentisse medo, estava extasiado pela visão de uma criatura tão bela. Disse que era um dragão de escamas douradas, e que estava na beira de um riacho, perto dos montes a oeste. Era maior que três cavalos, da altura de dois ursos, e que deveria pesar todos esses animais juntos. O mais novo estava com o olhar fixo no pai. Seus ouvidos digeriam com avidez tudo aquilo que era relatado.

O sangue de Xoana parecia ter parado. Seus lábios se azularam, sua tez esverdeou-se. De repente tudo ficou turvo. Depois escuro. Ouvia a voz da mãe e viu os pais indo em sua direção. Somente.

O galo cantava quando acordou. O cheiro de leite quente começava a ficar forte. A mãe não estava. O irmão mais novo ainda dormia. O irmão mais velho não estava lá. O pai estava de costas apoiado sobre o ombro na porta da casa. Mais uma vez ela temeu. Ele se virou ao ouvir o som dos passos dela e perguntou se ela se sentia melhor, se estava com fome e disse que lhe daria algo. Ela nada falava, apenas tremia. Disse que a mãe fora na casa de uma vizinha, assim que acordou, buscar lascas de uma madeira que se fervida poderia melhorar a saúde da filha. Ela começou a chorar. O pai não entendia, não sabia o que fazer. Confuso e preocupado, logo teria que ir para a lavoura, mas não queria deixar a filha só. Por sorte, a mãe surgiu acompanhada da vizinha e do vigário, que havia passado a noite lá. O pai suspirou com todo o alívio, beijou a testa da filha e partiu; o irmão mais novo protestou, e o pai o levou junto.

O vigário era mais velho que seu pai e mãe, andava com um cajado largo, tinha poucos cabelos e poucos dentes, já estava um pouco curvo. A vizinha era mais larga que sua mãe. Sempre parecia que os vestidos lhe eram menores do que realmente deveriam ser. Tinha amamentado oito crianças durante a juventude, e tinha o busto avantajado. Talvez tivera sido uma mulher muito bonita na juventude. Tinha bochechas fartas e um sorriso maternal. A vizinha e a mãe começaram a preparar o chá. O vigário se aproximou.

Ele olhava para o jovem rosto de Xoana com algo próximo de piedade, mas não era. Segurou-lhe um dos ombros, não apertou e, por fim, perguntou se ela estava rezando. Ela respondeu que sim, todas as noites. Perguntou se tinha visto algo que lhe pusera tamanho desconforto, assombro. Ela calou-se. Ele insistiu. Disse que Deus poderia ajudá-la se ela deixasse, mas deveria dizer o que lhe era perguntado, e que precisaria rezar com ela a sós. A tremedeira voltou quando ela notou que o vigário agora olhava diretamente para o seu busto. Ela não saberia como dizer, de maneira nenhuma, porém, sentiu os olhos do dragão sobre si. Começou a chorar.

A ruína de Chastelet

Por Yara A. Belmonte

Plena manhã de agosto de 1179. Neste momento, enquanto comia uma costela de carneiro e ouvia o novo clérigo recitar versículos da Bíblia, John pensava em Aurora.

O silêncio era quebrado somente pelo som de mastigação de seus irmãos e pela recitação de Norman. Terminada a refeição, dirigiu-se ao campo, para ajudar os camponeses vizinhos do templo. Peter, seu amigo, acompanhou.

– Sorte a nossa que os bandidos se renderam ontem – disse o amigo, enquanto puxavam as ervas daninhas. – Detesto matança.

– Eu também. Mas não se esqueça de que devemos lutar por nossa terra. Afinal, nossos inimigos possuem prazer na guerra.

– Olá, rapazes – interrompeu Cassia. – Sobre o que estão conversando?

– Nada que a senhora precise se preocupar – disse John, gentilmente. Um sorriso discreto tomou conta de seu rosto. – Como está Aurora?

– Hum... A febre atacou ontem à noite. Muito suor escorria. Ofereci a ela uma bebida feita de ervas medicinais pela manhã, mas não a vi depois disso.

Fez uma pausa breve, e tornou a falar:
– A visita de um amigo querido lhe faria muito bem.
John enrubesceu, e Cassia riu.
– A senhora sabe que não podemos permanecer em quartos com mulheres – disse Peter. – Quer nos ver expulsos do Templo?
– Calma, meu jovem. Se vocês forem junto comigo e ficarem quietos, não haverá problema, não é?
Peter e John se entreolharam, cautelosos.

Os quartos de Cassia e Aurora ficavam nos fundos do templo, em um local amplo e coberto, protegido de ataques externos. Dizia-se que, entre os arbustos, tinha um buraco grande o suficiente para uma pessoa entrar abaixada. Árvores e pequenos bancos feitos de toco de madeira adornavam o local. Havia mais pessoas morando ali, a maioria homens de idade avançada que deixaram seus aposentos no Templo e se acomodaram em casinhas.

Antes de entrarem, Cassia fez uma observação.

– Rumores espalhados pela população sugerem que seremos atacados em breve, e Aurora está preocupada com o bem-estar de todos nós.

Decerto, enfrentar os bárbaros ou os muçulmanos nunca era uma tarefa fácil, embora aqueles já não fossem mais vistos havia muito tempo. Sempre havia perdas para ambos.

Assim que adentraram o quarto da moça, pedindo licença, encontraram-na sentada em cima da cama. Suas vestes sujas indicavam seu sofrimento durante a noite. No entanto, seu rosto transparecia vivacidade.

– Bom dia, Peter... John!

Aurora, postergando qualquer pudor, abraçou John, envolvendo seus braços em torno do pescoço dele.

– Por favor, não volte para o Templo. Estou com um mal pressentimento... vamos fugir... – choramingava ela.

– Eu... preciso voltar, meu anjo – o rapaz sentiu um nó na garganta ao ver sua amada daquela maneira. – Você se esqueceu de nossa promessa de longa data?

Lágrimas escorreram pelo rosto de Aurora enquanto tentava conter os soluços. John a abraçou mais uma vez. Peter e Cassia saíram a fim de deixar o triste casal a sós e colher frutas para as próximas refeições.

Depois de cuidar de Aurora e fazer as orações matinais junto a ela, John voltou ao templo, onde seu amigo o aguardava para o jantar.

– Por pouco você não atrasa, irmão. Está tudo bem lá fora?
– Sim, Aurora está melhor, graças a Deus. Ela já adormeceu. Cassia também está em seus aposentos. Podemos jantar sabendo que as duas estão em paz.

Peter assentiu e, assim, após realizar as orações e terminar a refeição, a maioria dos cavaleiros se dirigiu aos seus aposentos. Enquanto isso, a minoria que faria a ronda foi para seus postos.

Naquela mesma noite, ondas de flechas chocaram-se contra os muros da fortaleza. Tão logo as sentinelas deram o alarme, os cavaleiros pularam de suas camas, vestindo suas armaduras e pegando suas armas. Os arqueiros se colocaram em pontos estratégicos para acertar os inimigos, que incessantemente lançavam mais flechas.

Uma confusão estourou: vários cidadãos e monges despreparados corriam para lados opostos, buscando uma saída, gritando e orando. Não havia um consenso sobre quem os atacava àquela hora.

John voou da cama direto para a porta, sem entender o que acontecia. Peter veio de encontro a ele, gritando para que colocasse sua armadura. Depois de preparado, John correu para os fundos da fortaleza, onde encontrou Cassia discutindo com um jardineiro.

– Moradores do Templo de Chastelet! Ouçam!

Poucas pessoas se encontravam ali, e todos olharam para John. Ele alertou a todos sobre o cerco em curso contra o Templo.

– Provavelmente – continuou – é Saladino e sua guarda pessoal de mamelucos, pois ele vem tentando tomar o Reino Latino de Jerusalém há muito tempo!

As chuvas de flechas inimigas continuaram mesmo com alguns mortos do lado dos atacantes e, neste momento, Peter gritou para seus companheiros prestarem atenção aos arredores. Os sargentos lideravam, ordenando às pessoas que se acalmassem e pensassem antes de definir uma rota de fuga, e aos cavaleiros, que organizassem filas horizontais para defendê-las.

– Onde está Aurora? – gritou John, desesperado, para Cassia.
– Onde ela está?

– Eu não a vi – respondeu a senhora. – O homem com quem eu discutia disse ter visto Aurora mexendo nos arbustos, querendo encontrar uma saída. Eu quis matá-lo! Como ele pôde deixar alguém procurar uma saída que sequer existe, sozinha? E mesmo que ela saísse, para onde iria? Estamos cercados, não é?

Calou-se John. Precisava encontrá-la. Lembrou-se da promessa que fizeram na infância, sobre servirem juntos a Cristo no Templo de Chastelet. Depois de alguns minutos de agitação, no entanto, Aurora apareceu em meio ao tumulto. Desviava das pessoas que corriam para trás da parede de escudos buscando proteção.

– John, venha comigo! Encontrei a saída pelos fundos! Rápido! Ainda podemos fugir e buscar auxílio em outra fortaleza!

– Aurora, não podemos ir! Você enlouqueceu? Estamos cercados! Esconda-se atrás de mim. Eles irão invadir a qualquer momento! Pegue alguma coisa para se defender. Sei lá... um forquilho!

– Sério, John? Um forquilho? O que eu vou fazer com isso? Vamos fugir enquanto há tempo!

– Todas as espadas já estão sendo usadas. Pegue algo para se def...

John foi interrompido por um estrondo no portão principal. Outros estrondos menores seguiram, e Aurora finalmente se escondeu atrás da parede de escudos. Nos momentos seguintes, as pessoas começaram a silenciar para entender o que estava acontecendo. Assim, começaram a ouvir barulhos vindos debaixo do chão. Algumas mulheres moradoras dali se desesperaram novamente e começaram a gritar que o diabo vinha direto do inferno para levar a todos. Elas correram para fora da proteção, e novamente a confusão tomou conta do ambiente.

Cassia segurou com força o braço de Aurora e a puxou para perto:

– Se você encontrou a saída, Aurora, corra para fora daqui. Eles estão fazendo uma armadilha abaixo de nós – Cassia implorava, aos sussurros.

– De forma alguma, dona Cassia. A saída é por ali – apontou Aurora para os arbustos mexidos, demonstrando onde estaria a saída. – Vá, porque não posso deixar John!

Cassia tentou puxar Aurora à força, mas não conseguiu fazê-la se mover. John percebeu o rebuliço atrás de si e deixou seu posto. Pegou Aurora nos braços e a levou para a direção que Cassia apontava, enquanto esta o acompanhava.

Aurora pensou que John havia decidido deixar o Templo junto com os outros, mas não foi o que aconteceu.

– Eu te amo – disse ele em seu ouvido. – Nos veremos novamente. Eu prometo – John a beijou no rosto e correu de volta para o seu posto.

Um dos sargentos expôs seu plano: permitir que o inimigo entrasse pelo portão principal para distraí-lo, enquanto os residentes fugiam pelo flanco. O problema é que alguns guerreiros possuíam cavalos e perseguiriam os fugitivos fora do alcance dos arqueiros. Outro sargento sugeriu que uma minoria se sacrificasse para que os outros flanqueassem o inimigo dentro do forte, com o auxílio dos arqueiros. Parecia um plano razoável, em prol do bem da maioria, quando o cheiro de madeira queimada invadiu o ambiente.

Os cavaleiros olharam em volta: as casas eram feitas de pedra. Os arqueiros gritaram que os atacantes haviam recuado para bem longe – pareciam estar fugindo –, e breve esperança tocou seus corações. O cheiro parecia plano de algum recruta esperto para afastar o cerco.

Os monges relaxaram, chamando uns pelos outros, em busca do homem sagaz que bolou tão eficiente plano de defesa. No entanto, todos estavam presentes ou na área dos escudos ou entre os arqueiros.

John correu para os fundos, onde se encontravam as pessoas armadas somente com objetos de jardinagem ou cozinha, e perguntou se estavam todos lá. E todos, inclusive Aurora, aguardavam o próximo passo. Ninguém havia sequer se movido. Um pedaço da muralha deslizou e John, percebendo, correu para o seu ponto.

– Atenção, irmãos! – gritou John. Todos o encaravam. – O inimigo quer derrubar as muralhas! Não sei como, mas a armadilha está abaixo de nós. Ela não foi feita em nossa defesa, e sim para nos derrubar – John respirou profundamente. – Precisamos de alguns cavaleiros que protejam as pessoas em sua fuga! Não temos escolha. Se as fizermos esperar, o muro cairá e elas serão massacradas!

Os cavaleiros, que já estavam cansados, foram tomados pela ira e retomaram suas forças para o que viria. Os sargentos escolheram alguns dos melhores guerreiros para acompanharem as pessoas até a cidade mais próxima. Estes guerreiros pegaram quantos cavalos puderam e levaram para os fundos.

O buraco, indicado pelas pessoas, seria quebrado até passar um garanhão adulto por ele. Tudo isso deveria ser feito com grandes martelos de construção em questão de minutos. A localização desta saída era convenientemente oposta ao local onde esperavam os mamelucos que, por estarem muito longe, nem faziam ideia do que se passava.

Aurora, que não entendia o que estava acontecendo, questionou um dos cavaleiros mais velhos que quebravam a parede:
— E os outros? Eles não vêm? O que vai acontecer com eles?
— Não temos tempo para salvar a todos — ele respondeu sem parar seu trabalho. — Além do mais, se todos saírem, Saladino perceberá a movimentação pelas laterais da fortaleza e atacará. Eles possuem mais arqueiros, guerreiros ferozes e cavalos, além do elemento-surpresa. O plano que eles colocaram em ação foi bem elaborado, devo admitir. Nossa única vantagem eram os muros e as ameias. Em breve nem isso teremos mais.
— Não! — gritou Aurora. — Não! John!

Os homens tiveram que segurar Aurora e amarrá-la, pois seu berreiro poria em risco o único plano com sobreviventes. A moça começou a se debater e a chorar.

John apareceu mais uma vez e conversou com ela:
— O que você está fazendo? Acalme-se, por favor! — tirou o pano da boca dela, para que ela pudesse falar. — Eu prometi que nos veríamos novamente, e aqui estou. Prometa-me agora que você irá com nossos irmãos. E irá em silêncio. Porque, se você gritar, todos serão pegos.

O tom de seriedade em John abalou a jovem. Aurora insistiu, mas não adiantou.
— Se for agora, estarei desobedecendo a ordens diretas de novo. Prometo que nos veremos novamente — disse ele mais uma vez, e a beijou levemente na boca. Os cavaleiros mais velhos ficaram desconfortáveis com aquilo, mas nada disseram.

John voltou pela última vez ao seu posto e, assim, os refugiados deixaram para trás seu lar e seus irmãos. Quando já estavam bem longe, os muros finalmente caíram, e os cavaleiros que ficaram como iscas tiveram que enfrentar um bando de muçulmanos irados, que pularam para dentro da área de batalha com machados, lanças e espadas curvas.

    Os fugitivos prosseguiram à cidade mais próxima. Lá, Aurora aguardou a vinda de seu amado, e jurou que o proibiria de fazer qualquer loucura de novo. Com certeza John seria banido pelos beijos, então eles fugiriam para bem longe daquilo tudo.

    No entanto, anos se passaram... e John nunca mais foi visto.

Flecha negra

Por Luís R. Krenke

Às margens do rio Somme, França – 1346

O rio estava furioso naquele dia. Inácio descansava com seus companheiros ingleses, na espera de boas notícias, enquanto lidava com a falta de provisões para continuar a campanha na França. Embora soubesse que o Rei Eduardo havia mandado um grupo à frente para fazer contato com aliados, Inácio temia que a demora da comitiva significasse a chegada antecipada dos inimigos franceses.

– Com medo? – o Príncipe, também chamado Eduardo, se aproximou. – A sua cara não está das melhores.

– Eu te diria o mesmo, se não fosse o meu príncipe – ele vestia sua armadura real; a armadura que o fazia ser chamado de Príncipe Negro.

– Meu pai encontrou um caminho para atravessar o Somme. Partiremos em 30 minutos. Prepare seus homens – Era a primeira campanha dele, mas já falava em um tom régio que o serviria muito bem quando assumisse o lugar do pai.

Foi então que veio o primeiro ataque. Uma tropa de besteiros genoveses apareceu, iniciando o engate de suas armas.

– Arqueiros, comigo! – Inácio gritou. Os soldados de Inácio eram todos arqueiros longos. A tropa inimiga era pequena, composta por, no máximo, trinta besteiros e dez cavaleiros, enviada somente para atrasá-los.

– Preparar... apontar... – os inimigos dispararam primeiro; Inácio viu dois de seus soldados serem atingidos no peito pelas pesadas setas de madeira. – Disparem!

A chuva de flechas inglesas caiu sobre os franceses e rapidamente fez parar o ataque, rechaçados pela agilidade do arco e flecha em comparação às suas bestas. Os cavaleiros franceses investiram. Inácio preparou seu arco e acertou um dos atacantes na cabeça; sua flecha de ponta longa e afiada transpassou o elmo do cavaleiro e penetrou na testa.

No outro lado do Sommes, Ricardo FitzAlan havia retornado da busca de reforços com boas notícias: os aliados em Flandres se juntariam a eles na aldeia de Crécy no dia seguinte.

– Perdemos os suprimentos – um soldado informou Inácio.

– E as armas?

– Todas passaram – Inácio respirou aliviado. – Não se preocupe, Flecha Negra, você vai ter flechas suficientes pra matar todos os inimigos que puder.

Aquele apelido ainda seria uma maldição para Inácio.

Dois anos depois: bordéus, frança — 1348

O navio da frota real tinha acabado de atracar no porto de Bordéus e Inácio viu a garotinha sair correndo do convés para ver a cidade. Ela tinha 14 anos e seu coração era maior que sua altura. Seu nome era Joana da Inglaterra, filha do Rei Eduardo, irmã do Príncipe Eduardo.

Com o objetivo de angariar mais aliados, o rei prometeu Joana em casamento com Pedro de Castela, filho do Rei Afonso de Castela. A frota real deixou a Inglaterra no início do verão, mas primeiro pararam em Bordéus para Joana conhecer o castelo da cidade.

Inácio se divertia com a cena de Joana fugindo do Padre Geraldo, que ordenava que ela se comportasse como uma dama.

– Se ele correr mais um pouco, vai morrer do coração – Roberto de Bourchier observava os dois ao lado de Inácio. – Vá ajudá-lo, Flecha Negra.

Roberto era o ex-Lorde Chanceler da Inglaterra; já idoso, ele aceitou o pedido do Rei de liderar a comitiva da Princesa até Castela. Inácio gostava dele; ele era diferente dos outros nobres.

– Joaninha... Não vê que está matando o pobre padre? – Inácio se aproximou da menina, que parou na sua frente com um sorriso no rosto.

– Senhor Flecha! – disse a Princesa.

– Que nada... huf... comandante... – Falou o padre, tremendo. – Consigo correr muito mais... huf... do que isso!

– Quando vai me contar mais histórias, Inácio? – perguntou a Princesa.

– Quando chegarmos ao castelo.

O som de uma rabeca começou a ser ouvido; era o ministrel Gracias, que foi enviado como um presente de casamento para Joana.

– Ah, o padre cansado, que pode correr por 40 prados, e o velho arqueiro, renomado açougueiro... quem poderá detê-los, senão essa jovem de belos cabelos?

– Açougueiro? Por que diz isso sobre o Inácio? – indagou a Princesa. – As histórias o soldado canta, mas os detalhes ele espanta? Da próxima vez, nobre soldado, solte mais a língua para o nosso agrado.

– Princesa – Inácio falou – A história completa pode não ser boa para seu ouvido. E, nobre cantor, você não deveria ter sido parido.

– Haha, muito boa! – Gracias saiu andando e cantando.

Enquanto Roberto iniciava o desembarque, Inácio se juntou ao advogado diplomata Andrew para um encontro com o Prefeito de Bordéus, Raimundo. A conversa com o Prefeito foi rápida; embora Raimundo tentasse falar sobre uma nova doença que assolava Bordéus, Andrew o interrompia para perguntar sobre os melhores bares da cidade.

A caminho do castelo real, Inácio viu Joana pular da carruagem e desaparecer num beco escuro; foi atrás dela rapidamente. Ele a viu perto de três figuras encapuzadas que tossiam profundamente e Inácio já ia desembainhando sua adaga quando Joana falou:

– Não, Senhor Flecha! Eles só precisam de comida – de dentro da bolsa, Joana tirou três moedas e as entregou.

– Que Deus a salve! – um dos pedintes falou, enquanto outro se levantava para abraçá-la. Inácio separou os dois e conduziu Joana pela mão de volta à comitiva.

– Pra que foi fazer isso? – ele perguntou.

– Deus nos ensinou que precisamos ajudar os necessitados.

Ela tinha 14 anos e seu coração era maior que sua altura. Seu nome era Joana da Inglaterra, filha do Rei Eduardo, irmã do Príncipe Eduardo.

– Então ajude a mim, pois necessito que você se comporte até chegarmos ao castelo – ele colocou Joana para dentro da carruagem, onde Padre Geraldo aguardava. – Viu só o que está colocando na cabeça dela, padre?

O padre não deu ouvidos. Inácio voltou a olhar os três mendigos encapuzados, e viu, para seu horror, um deles esticar uma mão gangrenada para tocar a moeda da princesa. Preocupado, Inácio fechou as mãos em volta do colar que carregava como pingente a ponta de uma flecha queimada.

Crécy, França — 1346

Era o começo da tarde quando os ingleses avistaram o exército francês no horizonte. Embora o inimigo contasse com 30 mil homens no campo enquanto o Rei Eduardo tinha apenas 9 mil, Inácio e seus companheiros tinham um bom pressentimento. Crécy era um local excelente, com os flancos do exército protegidos por um rio e por vilarejos; um terreno em declive era o campo de batalha perfeito para os arqueiros longos de Inácio. Valas haviam sido escavadas para se defender da cavalaria, e os reforços de Flandres trouxeram suprimentos para aumentar o espírito dos combatentes.

– Hoje, homens... – O Rei Eduardo começou. – Hoje devemos ter medo. Mas o medo é necessário. É o medo que nos faz lutar pela vida, e é a vida que nos incentiva a ter coragem. 30 mil soldados franceses não serão páreo para a coragem de um só homem inglês! – Enquanto o exército inglês comemorava, as tropas inimigas de besteiros iam avançando.

– Já os derrotamos uma vez e faremos de novo! – gritou Inácio para seus homens. Então ordenou os primeiros disparos, que rapidamente desfizeram toda a primeira posição inimiga.

Com o fracasso dos besteiros, Inácio viu que os cavaleiros da vanguarda francesa estavam impacientes e irritados por lhes terem roubado a honra de iniciar a ação. Quando os genoveses recuaram, os cavaleiros avançaram contra seus próprios homens para chegar aos ingleses.

Inácio honrou o seu apelido e fez o céu ficar negro com centenas de flechas chovendo sobre o inimigo. *De caçador ilegal à soldado real*, pensou. Ele prometeu a si mesmo agradecer ao Rei todos os dias por tê-lo salvo de uma pena de morte e fazer parte de seu exército. Com a liderança de Inácio, cada arqueiro fazia chover vinte flechas por minuto.

— O Príncipe Negro está em perigo! — Inácio ouviu seu comandante FitzAlan gritar. Inácio voltou a atenção para a fileira à direita, onde viu uma tropa francesa liderada pelo Rei João da Boêmia investir contra as tropas do Príncipe Eduardo. O Rei João era cego; seu cavalo era guiado por dois cavaleiros.

— Comigo, Flecha Negra! — Inácio montou no cavalo de FitzAlan. De cima do lombo do animal, preparou seu arco e mirou. Quando os dois servos de João ficaram um atrás do outro, Inácio disparou uma flecha afiada que transpassou os crânios dos dois inimigos de uma só vez. Sem ninguém para guiá-lo, o Rei João acabou golpeado no abdômen pela lâmina do Príncipe Eduardo e caiu morto ao chão.

Após mais tentativas frustradas, o Rei Filipe da França ordenou o recuo de seus homens, e, com apenas 100 baixas inglesas, o Rei Eduardo conseguiu a vitória sem que seu exército sequer quebrasse a própria linha de formação.

Voltando para a aldeia de Crécy, Inácio viu uma das casas em chamas. Um dos cavaleiros franceses tinha começado a incendiar o povoado. Inácio galopou rapidamente e fez uma flecha voar em direção ao inimigo, resvalando na armadura de aço. O francês se escondeu atrás de uma cerca de madeira em chamas. Inácio disparou uma segunda flecha e sentiu ela encontrar seu alvo. Ao se aproximar da cerca, Inácio viu o soldado fugir em um cavalo, e descobriu que sua flecha encontrou outro destino: uma criança jazia morta com uma flecha no peito, então queimando com o resto da cerca.

Bordéus, França — 1348

Padre Geraldo tinha sido o primeiro a morrer.

O jejum religioso que ele regularmente fazia o deixou fraco demais para suportar os problemas respiratórios que vinham com a peste. Ele não se recuperou de uma crise de tosse e morreu vomitando os pulmões para fora.

Roberto também já era velho e fraco, mas lutou contra a doença – sem resultados positivos. As manchas pretas que acometiam todo o pescoço do lorde eram um sinal da morte iminente. Numa crise de loucura, ele roubou a espada de um soldado e usou para decepar seu braço cheio de calombos e furúnculos. Ele não resistiu à hemorragia.

O cantor Gracias também foi vítima, morrendo abraçado com seu instrumento. Nos últimos momentos de vida, ele olhou nos olhos de Inácio, que havia lhe trazido sua rabeca, e assim falou:

– Vejo a morte no horizonte, um temível brutamonte! O que será que me espera? Será que lá é primavera? Em breve ficarei ao lado da minha camponesa, na espera da princesa.

Joana também estava sofrendo as consequências da peste negra. O advogado Andrew havia sido mandado de volta para a Inglaterra para informar o Rei Eduardo sobre as fatalidades da viagem. Não haveria volta para ninguém que estivesse ali no porto, em barracas armadas para acomodar as vítimas da doença. Inácio sentou-se ao lado da cama de Joana e viu a menina pálida, de braços e pernas manchadas pela doença, tentar sorrir.

– Me conte uma história, Senhor Flecha – ela pediu.

– Sabe qual o significado do seu nome? – Inácio perguntou, e Joana fez que não.

– Joana quer dizer "agraciada por Deus". Eu não sou religioso, mas devo concordar com Ele nisso aí.

– E o seu, Senhor Flecha?

Inácio se lembrou da mãe explicando o significado do nome. O momento nunca foi tão propício.

– Inácio quer dizer "ardente como o fogo" – Inácio viu a menina tremer de frio.

– Fogo é bom, Senhor Flecha. O fogo é quentinho.

Em um último acesso de vômito de sangue, a menina faleceu.

Ela tinha 14 anos e seu coração era maior que sua altura. Seu nome era Joana da Inglaterra, filha do Rei Eduardo, irmã do Príncipe Eduardo.

Nesse momento, o Prefeito Raimundo já tinha ordenado a queima do porto com todos os mortos lá dentro. O fogo começou a se alastrar pelas barracas de doentes, queimando madeira, tecido e carne humana. Inácio continuou sentado ao lado da princesa, enquanto o fogo envolvia a barraca dos dois. *Joaninha tem razão*, Inácio pensou. *O fogo é quentinho.*

Segurando sua ponta de flecha negra queimada, Inácio viu a figura de um menino com uma flecha no peito o convidando para segui-lo. Inácio levantou e entrou com o menino para dentro das chamas ardentes.

A estátua de Joana da Inglaterra pode ser visitada na Abadia de Westminster, ao lado do túmulo do pai.

O vassalo e a filha

Por Jeane Lima

Mesmo depois de lutar anos por seu Rei, o Vassalo não conseguiu permissão para desposar sua Filha.

O Rei era um homem bom, mas preservava tradições e determinara que sua Filha se casaria com o Príncipe do reino vizinho,. Estava prometida há anos, e assim cumpriria sua promessa.

O Vassalo era homem valente, corajoso e fiel. Contudo, não tinha grandes posses, tampouco nome para desposar a Filha do Rei.

Os jovens estavam apaixonados e decidiram, entre si, que nada os separaria. Enfrentariam céus e terras para juntos ficarem, e morreriam se preciso fosse.

A Filha dispunha de grande admiração pelo Vassalo, por sua bravura, coragem e disposição para lutar pelo reino. Ele sentia forte desejo por ela, a carne estremecia ao vê-la.

Era tarde da noite quando o Vassalo assobiou. Como de costume, minutos depois, a Filha saiu do castelo, coberta por uma capa cinza escuro, comprida, que lhe escondia as faces e o corpo. Encontraram-se no jardim e juntos saíram rapidamente para não serem vistos.

– Venha minha amada, por aqui... – tocando delicadamente nas costas dela, apontando-lhe a direção.

Do lado de fora os aguardavam dois cavalos selados. Neles subiram, seguindo até o esconderijo, numa vila próxima, e lá permaneceram por horas.

– Juro a ti meu o amor, minha bela Princesa. Quero contigo ficar até o fim dos meus dias – declarou-se o romântico cavalheiro.

– Sem ti, prefiro a morte, meu valente Vassalo – confessou--lhe a Princesa.

– Não digas uma insanidade dessas. Se morres, morro também.

Horas depois, retornaram discretamente, para que ninguém notasse suas ausências. Em vão...

Seguiram o ritual de sempre: p Vassalo ajudou a Filha a descer do cavalo, ela entrou encapuzada para que não pudessem reconhecê-la. Depois levou os cavalos para a cocheira. No entanto, naquela noite o temível aconteceu! Ao entrar no castelo, a Filha deparou-se com o Rei à sua espera. Ele agarrou-a pelo braço direito:

– Filha ingrata! Queres me ver arruinado? Ao amanhecer irás para o reino vizinho. Desposará o Príncipe que lhe fora prometido.

A Filha chorou, gritou, esperneou e jurou desobediência ao pai:

– Queres me ver infeliz? Não lhe dói saber que acabaras com a minha vida? Fugirei se for preciso... – aos prantos, gritava.

O Rei a trancou em seu quarto, sem nada mais lhe dizer. Permitindo que apenas sua Ama lhe fizesse companhia.

Num ato desesperado, a princesa entregou uma carta à Ama, pedindo que levasse ao Vassalo.

– Eu imploro a ti! Se me queres bem, vá até o meu amado, entrega-lhe estas palavras. São urgentes! – suplicou à Ama.

A Ama obedeceu, saindo sorrateiramente na madrugada para a instalação do Vassalo, entregando-lhe o recado, que dizia:

Meu amado querido, fomos descobertos. Amanhã ao amanhecer seguirei viagem ao reino vizinho para cumprir meu infeliz destino. Fugirei assim que possível e virei ao teu encontro. Jamais te esquecerei! Sua eterna Princesa.

Ao término da leitura, o valente guerreiro tomou uma decisão; aguardaria de prontidão na porta do castelo a saída de sua amada. Não dormiu por toda a noite, arquitetando uma provável fuga com a Filha do Rei.

E a manhã chegou...

O Vassalo estava à espera e, quando os portões se abriram, ele se posicionou à frente da cavalaria, que acompanhava a princesa e tentou convencer o Rei:

– Meu Rei – de joelhos, em posição de reverência. – Eu amo a vossa Filha. Sem ela não poderei viver. Dou-lhe minha palavra que a farei a mulher mais feliz do reino e do mundo. Trabalharei dobrado para acomodá-la bem...

– Saia da minha frente! – interrompeu o Rei, irredutível e indignado com a audácia do Vassalo. – Prendam esse intrépido! – ordenou.

– Senhor, qual crime é o meu? Amar vossa Filha? – apelou o corajoso homem.

Neste momento, a Princesa desceu da carruagem. Temendo pela vida de seu amado, correu ao encontro do Rei, que estava a cavalo.

Em pés ao seu lado, suplicou:

– Meu Rei, eu amo o Vassalo. Serei eternamente infeliz se com ele não puder ficar. Por favor, rogo-lhe compaixão ao nosso amor.

Irritado, o Rei gritou:

– Filha insolente, entre na carruagem agora! – esbravejou o Rei.

Neste momento o Vassalo bravamente avançou na direção da Princesa, segurando-a pela cintura, colocando-a na garupa de seu cavalo e dando em disparada. Três cavaleiros do Rei saíram atrás do casal, enquanto ele gritava que mataria os dois assim que os trouxessem de volta.

Os cavaleiros ordenavam aos gritos que o Vassalo parasse, mas ele não lhes dava ouvidos. No entanto, num determinado momento os cavaleiros alcançaram o casal. Então o Vassalo desceu do cavalo, empunhou sua espada e lutou. Nada lhe importava mais que sua amada. Ele sabia usar a espada bravamente, como nenhum outro. Ferindo cada um dos cavaleiros, subiu em seu cavalo, embrenhando-se floresta adentro e desaparecendo. Nesta floresta havia uma gruta, lugar bem escondido, que ninguém conhecia e que serviu de abrigo ao casal por todo aquele dia.

No início da madrugada partiram a pé. O Vassalo soltara o cavalo para despistar quem os procurassem. Viajaram por muitos dias sem destino, escondendo-se por entre as árvores, grutas, moradias abandonadas, alimentando-se de frutas, com uma única certeza: a felicidade.

Arrancharam-se num pequeno vilarejo a muitos quilômetros de distância do reino. Alegaram às pessoas do local que eram trabalhadores de um pequeno povoado distante, que vieram em busca de nova moradia e emprego. E ali foram acolhidos.

Construíram uma nova vida, tiveram quatro filhos. Esconderam de todos o título de Princesa da Filha.

Gozaram de uma vida simples, passaram algumas dificuldades, mas se amaram muito.

Envelheceram juntinhos e, numa linda noite, enquanto admiravam o luar, o Vassalo deu seu último suspiro. Dias depois, a Filha faleceu enquanto dormia.

O Rei, discretamente, mesmo sem nunca confessar, todas as tardes observava o horizonte, na esperança de ver a Filha voltar pela mesma estrada que se foi um dia.

Suspiros de uma jovem dama

Por Tauã Lima Verdan

O dia está especialmente frio. As folhas já começam a ficar acastanhadas e amarronzadas, caindo aos poucos sobre a extensão da alameda que guia a estrada até o palácio de Savigny. Vejo nuvens cinzentas e densas cobrirem toda a extensão do céu e a esconder o sol. O outono já caminha para o seu fim e, a cada dia, ventos mais gélidos sopram sobre as campinas perto do palácio. Tudo indica que será mais uma estação fria e com pouco alimento. A colheita do outono não foi tão farta e, aparentemente, dará para passar o período mais intenso do inverno com refeições contadas.

O palácio se ergue no meio de uma campina extensa como um mausoléu de maus agouros. No interior, um espaço obscuro, úmido e com cheiro de mofo. Pouca luz ilumina os corredores esguios e curvos que partem do átrio central em direção às diferentes alas. Aliás, no átrio central fica a mesa de refeições, feita de madeira bruta e com pesadas cadeiras de metal e madeira. Acredito que a mesa comporta cerca de vinte e cinco convidados. As paredes do mais amplo e altivo cômodo do palácio estão cobertas de tapeçarias com motivos religiosos. Do lado direito, estão dispostas cerca de dez tapeçarias que retratam os milagres de Nosso Senhor Jesus Cristo e que são retratados no Novo Testamento. Já do lado esquerdo, as tapeçarias retratam motivos do Antigo Testamento, como a saída dos hebreus do Egito, a abertura do Mar Vermelho, os Dez Mandamentos, Salomão e a Rainha de Sabá, dentre outros.

Do teto, pende um gigantesco candelabro com muitas voltas de velas, as quais, quando acesas em sua totalidade, são capazes de iluminar, com grande pompa, todo o recinto. Na parede, que fica atrás da cabeceira da mesa, estão dispostas as cabeças empalhadas de três animais: dois cervos e um javali. À cabeça da mesa, está a cadeira mais imponente e que é ocupada apenas pelo senhor do palácio, Senhor Jean Lucque Corval e Montepio Terceiro, o Barão Savigny, homem de feição rude, hábitos grosseiros e tom de voz grave. Os olhos azuis e o cabelo loiro contrastam e criam uma contraposição interessante e peculiar com a forma ríspida de agir com todos os empregados.

A rispidez do senhor do palácio só é quebrada diante de D. Maria Aurélia, a Baronesa de Savigny. Uma dama do norte da França que, com seus olhos amendoados, é capaz de trazer um pouco de paz e luminosidade ao espaço tão lúgubre. Extremamente religiosa, a Baronesa acabou criando um espaço em que a hospitalidade e a caridade são presenças constantes e necessárias para com os semelhantes. Eu, como a dama de companhia mais antiga do palácio, digo que, apenas com a chegada de D. Maria Aurélia pudemos experimentar um pouco de compaixão dos senhores do palácio.

Apesar disso, a Baronesa de Savigny mantém-se apreensiva, pois já decorrem cinco anos desde o seu casamento e, até o momento, não conseguiu conceber o herdeiro do seu esposo. Consigo ver em seus olhos e em sua expressão o desespero para que possa gerar uma vida e trazer um herdeiro à família Lucque Corval e Montepio. No final do verão, durante o período diário das orações, a D. Maria Aurélia, em um triste choro, elevou suas preces ao Nosso Senhor Jesus Cristo, clamando para que Ele a tornasse mãe de um filho do Barão de Savigny. As lágrimas rolavam copiosamente sobre o seu rosto e o suspiro era tão profundo, tão triste...

– Saint'Clair, por favor, mantenha o meu choro e o meu desespero como nosso segredo. Não quero deixar o Barão entristecido nem chateado – disparou a Baronesa em minha direção.

– Minha senhora, não se preocupe. Os meus olhos não viram nada, os meus ouvidos não ouviram nada. Estou aqui, fiel à senhora – respondi com o coração apertado em razão da tristeza da Baronesa.

– Os dias passam, os meses passam, os anos passam... o meu ventre vazio causa-me medo. Será que isso é uma punição de Nosso Senhor em relação a mim? Será que eu errei em algum momento e não pedi o perdão necessário? – questionou olhando na minha direção. Eu, pensativa com aquilo tudo, não pronunciei palavra, mas cheguei a refletir que, se havia alguma punição, com certeza seria em relação ao Barão.

– Imagine, minha senhora! Não há qualquer punição contra a senhora. Nosso Senhor é sábio demais. Ele sabe que ainda não é o momento propício da senhora engravidar. Contudo, ainda assim, permaneça com sua fé! No momento certo, o seu útero se encherá de vida e as crianças ficarão a correr por estes corredores, espalhando alegria – finalizei tentando consolá-la.

Os dias vão se passando e o inverno se fortalece cada vez mais. As árvores estão nuas, não há mais sequer uma folha cobrindo os troncos retorcidos. No lugar da acastanhada cobertura, há uma neve fria sobre toda a extensão da planície. Um grande campo branco se forma diante de nossos olhos. A alimentação tem se escasseado e o palácio, com as grandes nevascas, torna-se um local ainda mais lúgubre e tenebroso. Há apenas uma centelha de luz em meio a todo aquele caótico lugar trevoso, a Baronesa.

Cerca de um mês atrás, bem no início do inverno, D. Maria Aurélia veio até mim com um lume de esperança em seu olhar, dizendo-me que suas "regras" estavam atrasadas e que acreditava que tinha conseguido a bênção que tanto buscava. Tomada por uma imensa felicidade, apesar dos dias difíceis, cheguei a questioná-la se não contaria para o Barão, quando ela me respondeu que entendia, naquele momento, ser mais prudente aguardar o tempo. Como acreditava estar bem no início da gravidez, não queria criar uma ansiedade indevida em seu esposo. Os olhos, já luminosos, tornaram-se ainda mais felizes e contagiantes, lenhas crepitantes entre os criados do palácio.

Mesmo diante daquele inverno rigoroso, a Baronesa exalava um calor intenso e que se espalhava por todo o palácio. Contudo, vindas das bandas do oriente do reino, havia notícias de uma guerra que estava se formando e que todos os membros da nobreza deveriam acorrer em socorro do rei e da Santa Igreja Católica na sua busca por converter os povos ao Evangelho de Nosso Senhor Jesus Cristo. Ouvíamos dizer que as cruzadas eram travadas em terras longínquas, na Cidade Santa de Jerusalém.

As notícias que se aproximavam das terras do Barão causavam medo em minha senhora, que temia perder seu esposo para a guerra que se travava em terras distantes. Havia toda a sorte de histórias sobre as cruzadas entre a Igreja Católica e seus defensores contra aqueles que buscavam a deturpação e afronta da fé. Dizia-se que as terras eram tão quentes que não se encontrava água e as árvores quase não existiam. Era apenas um mar sem fim de areia que turvava os olhos, atalhava a mente e, não raramente, matava os guerreiros com suas armaduras pesadas e reluzentes.

– Saint'Clair, você acha que o Barão terá que ir lutar na tal cruzada contra os mouros? Eu receio que ele vá e não retorne mais. Sempre ouvimos tantas histórias de homens que vão e jamais retornam. Eu tenho medo de perdê-lo – confessou D. Maria Aurélia.

— Minha senhora, estamos muito longe das terras onde dizem que a guerra está acontecendo. Tenho certeza de que não se lembrarão de nós e que o Barão não será convocado para lutar — respondi com a voz hesitante e com pouca confiança naquilo que falava.

— Rogo a Nosso Senhor Jesus Cristo, à sua misericordiosa Mãe e aos demais santos, Saint'Clair, para que o Barão não seja convocado. O meu coração fica apertado e atemorizado só de pensar nos perigos e riscos que ele correria naquelas cruzadas — disse, com lágrimas nos olhos, a Baronesa.

Dias depois de nossa conversa, já no último mês do inverso, tudo estava ainda mais cinzento, mais frio, mais gélido. O palácio, em um desses dias, recebeu o emissário do rei. A baronesa, então, aproximou-se da porta que dava acesso ao átrio do palácio e ouviu a conversa entre o Barão e o emissário. A convocação era imediata, pois o rei e a Igreja Católica precisavam de todos os bons e fiéis homens na peleja contra os mouros. Senti como se uma nuvem de medo e de desespero preenchesse todos os cômodos do palácio. Os olhos brilhantes de minha senhora se apagaram e, por mais uma vez, vi as lágrimas correrem copiosamente por sua face rosada.

Ouvimos a voz severa do Barão conclamando todos os empregados para acorrerem e presenciarem o seu juramento. Todos nós, juntamente com D. Maria Aurélia, nos colocamos como testemunhas da lealdade da Casa de Lucque Corval e Montepio, os Barões de Savigny, à causa santa defendida pela majestade real e pela Igreja Católica. Curvando-se diante do emissário, o Barão jurou defender a Santa Cruz, guerrear contra os mouros e colocar sua vida à disposição da defesa do Cristianismo.

Os meus olhos correram em direção à minha senhora e pude, enfim, ver como cada palavra pronunciada pelo Barão martelavam como um golpe impiedoso sobre o coração de sua esposa. Aproximando-me de D. Maria Aurélia, questionei se não seria o momento de confessar ao esposo sobre sua possível gravidez e, talvez assim, demovê-lo da ideia de guerrear nas cruzadas. Mantendo a postura ereta e alinhada, a Baronesa apenas moveu levemente a cabeça em sentido negativo, denunciando que não comunicaria suas suspeitas nem tentaria impedi-lo.

Mantive-me firme ao lado de D. Maria Aurélia. Levantando-se do juramento prestado, o Barão veio em direção à esposa e, por uma única vez, pude ver seus olhos molhados com lágrimas. Baixinho, ele jurou, ainda, amor eterno à sua esposa e prometera voltar para ser seu companheiro até o final de seus dias. Claramente sofrendo, a Baronesa assentiu com a cabeça em sentido positivo e curvou-se diante do marido em uma formal reverência. Mesmo diante de tantos protocolos da nobreza, era perceptível o sofrimento que ela sentia com a partida de seu marido.

Rapidamente, os servos do palácio aprontaram os mantimentos e a bagagem que seriam levados pelo Barão. Algumas horas depois, estava tudo aprontado e o filho da Casa de Lucque Corval e Montepio partiu pela porta da frente do palácio, acompanhado de algumas dúzias de servos rumo às cruzadas na Terra Santa. A Baronesa, encostando-se em uma das colunas da entrada principal, exalou um suspiro tão sofrido que, mesmo não dizendo nada, todos os que ouviram poderiam facilmente compreender o real significado.

– Saint'Clair! Sinto que é a última vez que verei meu amado esposo. Aquilo que eu mais temia tornou-se realidade – confessou D. Maria Aurélia em um tom pesaroso e tristonho.

Tentei, ainda, consolá-la dizendo que, em pouco tempo, ele retornaria ao palácio, dando ordens e brigando com os servos por não limparem o átrio principal ou não polirem direito a prataria da casa. Em vão, porém, foram minhas palavras, e estéreis foram as tentativas de acalmar a Baronesa. Os olhos não mais tinham aquele brilho que preenchia a extensão do palácio. Havia apenas um sentimento de dor e suspiros infindáveis em todos os cantos, amargando a distância de seu amado marido.

    Desde o dia da partida do Barão, D. Maria Aurélia definha. O viço do rosto está abandonando a face, dando lugar às marcas de um sofrimento sem medida. O olhar esmaeceu com tanta tristeza. As lágrimas são como ribeirões a correrem por sua face que já não conserva o rosa corado de um coração esperançoso. Restam, no palácio, apenas os suspiros de uma jovem dama...

Marion, a pastora de ovelhas

Por Marcy Hazard

Marion acordou sentindo o cheiro familiar de fumaça. Era comum a abertura no telhado – que fazia as vezes de chaminé – não dar conta da fumaça produzida pela fogueira, mantida acesa para aquecer sua família.

Ela apressou-se a enxugar as faces molhadas. Outra vez chorara na inconsciência do sono a tristeza pela morte de mais um irmão.

– Eu sabia que esse não ia vingar – foi comentário de seu pai na época. Seu coração, embrutecido pela vida dura, não tinha mais piedade para gastar nem com os filhos.

Marion havia lhe lançado um olhar insolente, de raiva e revolta. Mas o pai deve não ter percebido. Então ela foi poupada de levar uma das bofetadas, que ele tão generosamente costumava distribuir à família.

A menina engoliu, em poucas colheradas, a papa insossa e parca que lhe tinha sido oferecida. Não havia pão em sua casa há muitos meses. Entre os impostos devidos à Igreja, ao Barão e ao Xerife de Nottingham, sobrava cada vez menos comida para colocar no prato.

Marion olhava as faces encovadas de seus irmãos menores, e a única coisa que a impedia de romper em lágrimas era a perspectiva dos festins de final de ano, quando haveria a Matança do Porco e eles garantiriam alguma comida para o longo inverno.

– Marion, hoje tu deixa as ovelhas com Berthe – seu pai tinha o costume de falar com todos eles, sem olhar nos olhos. – Hoje tu vem comigo na cidade, ajudar com os produtos pro arcebispado.

A menina se alegrou um pouco, mas procurou não deixar transparecer. O pai odiava a cidade, odiava os citadinos e odiava o xerife. A única coisa que ele não odiava na cidade era o arcebispado. Porque a igreja era Deus, e seu pai amava Deus.

O caminho para a cidade levou algumas horas, a carroça vinha pesada com os produtos – cereais, lã, laticínios – para venda.

O pai baixou a cabeça quando passou pelos campos sendo trabalhados. Marion não. Ela fez questão de tentar discernir os rostos dos cavaleiros que vigiavam o trabalho dos campesinos. Eles vestiam uma couraça, usavam elmos e traziam bastões em suas mãos.

Apesar do que poderia parecer, a vida na cidade não era tão distante da vida no campo. Lá eles também tinham vinhas, hortas, campos cultivados, gado e estrume.

A entrada da cidade estava aberta agora. Eles passaram pela forca, que ficava à entrada. Novamente seu pai baixou os olhos, novamente Marion olhou atenta. Aquilo era um símbolo poderoso, até ela conseguia perceber.

Na cidade já havia alguma casas feitas de pedra e tijolos. Nada tão rico e cheio de ornamentos como a sede do governo do Xerife de Nottingham ou o arcebispado e a Igreja de Santa Maria. Mas, ainda assim, algumas casas já tinham chaminés.

Eles passaram pelo pelourinho no mercado. Dessa vez Marion imitou o pai e baixou o olhar. Havia um homem preso lá. Um campesino como eles, e o conheciam.

A menina ajudou o pai a descarregar os produtos na despensa do arcebispo. Isso sob o olhar atento de um dos seus funcionários, que anotava, media e pesava tudo. Ela reparou que ele lançava olhares não muito discretos de aversão para seu pai. Mais cedo, no caminho até a casa do arcebispo e já dentro da cidade, ela havia flagrado olhares semelhantes de outros citadinos.

Então o bispo chegou bem a tempo de testemunhar o olhar insolente que ela dirigia para seu empregado. Marion apressou-se em largar o que estava fazendo, baixou a cabeça numa meia saudação e tentou aparentar constrição. Seu pai, ao identificar a chegada do bispo, fez o mesmo.

Marion arriscou outro olhar ao bispo. Ele ainda tinha seus olhos fixos nela, e um sorriso rapino maldisfarçado em seus lábios. Ela ficou envergonhada, se sentiu abafada. Sentia, mais do que via, que o bispo não tirava os olhos de cima de si. E, em seu incômodo, começou a suar, tendo que levar as costas das mãos diversas vezes para enxugar a testa.

Ela viu, enquanto fingia não ver, o bispo chamado seu empregado por alguns segundos para confidenciar-lhe algumas palavras secretas.

O trabalho estava terminado. O bispo havia saído da despensa. E seu pai foi negociar o preço dos produtos, então Marion pôde enfim respirar aliviada.

– Mas isso é ainda menos do que vocês pagaram da última vez! – seu pai, homem essencialmente humilde e constrangido, não pôde se conter dessa vez.

– Todos nós temos que fazer sacrifícios – disse o empregado do bispo. Embora, olhando ao redor, não parecia que eles estavam tendo que fazer sacrifício algum – o povo precisa ajudar a pagar as campanhas militares do Rei John. O Rei está lutando para restabelecer as terras roubadas ao nosso reino. Até vocês podem entender isso.

Ela assistiu seu pai começar a falar algo, desistir, e ser forçado a engolir a própria indignação.
– Vamos, pai – ela chamou, puxando um seus braços.
– Esperem, o bispo quer ter uma palavra com você – o empregado claramente se referia ao seu pai.
– Pai, enquanto tu tá aqui, eu vou ali rápido olhar a feira. – ela comunicou e já estava na porta, sem dar tempo a ele para dizer nada.
Marion queria encontrar alguém na cidade. Mas nunca tinha esperado ganhar essa chance longe do pai, então aproveitou a oportunidade e saiu correndo pelas ruas esticando o pescoço.
– Tu viu Will Scarlet? Ele é da milícia? – ela abordou várias citadinos, sem nenhum sucesso. Até que deu a sorte de encontrar outro miliciano.
– Ele deve tá na taberna a essa hora. Arrumou mulher por lá – ele riu-se – Por quê? Tu também é mulher dele? – ele passou um dos braços na sua cintura.
– É meu irmão – a menina se desembaraçou do miliciano e correu para a rua da Taverna.
Não foi difícil encontrar Will lá. Ele estava de fato com uma mulher e um pouco embriagado.
– Will, Will! – Marion se atirou em seus braços, apertando-o forte.
– Marion, o que tu tá fazendo aqui? – Will afastou-a por alguns segundos, apenas para olhar para ela. Marion estendeu a mão e acariciou a barba rala do rapaz. Mas Will logo voltou a envolvê-la no abraço fraterno.
– Papai veio trazer produtos pro arcebispo, me trouxe pra ajudar – ela subitamente rompeu em lágrimas e soltou a palavras seguintes de forma atropelada. – Mas nada disso importa, Will. Oh, Will, o nosso John morreu, o nosso pequeno John. Eu não pude fazer nada. Will, ele estava tão fraco. As crianças estão tão fracas, nós estamos passando fome.

Will a afastou de si um pouco, tinha a face contraída, parecia cerrar os dentes.

– Eu soube do pequeno John – ele desviou o olhar e alcançou a cerveja que levou aos lábios. – Um dos campesinos veio à cidade há algumas semanas e me contou.

– E tu não voltou? – a angústia de Marion aumentava diante daquelas palavras – Will, a gente precisa de tu. Tu precisa voltar pra ajudar. O Barão mandou queimar nosso moinho.

– Ajudar a quê? A passar fome e morrer? – Will se irritou. – Eu não volto mais para lá. Além disso, o pai nunca ia me aceitar – ele bebeu outro gole de cerveja. – Tu que devia vir pra cá, Marion. Tu é bonita. Arranjava um homem para cuidar de tu e largava dessa vida desgraçada. Lá tu não tem chance nenhuma, Marion.

– Mas, Will... e os pequenos? E papai e mamãe? – ela não podia acreditar no que ouvia.

– Marion, tu viu o que aconteceu no último motim – ele tinha a face contraída em cólera malcontida. – Tu acha que eles queimaram o moinho a troco de nada? Cada vez vai ficar pior pros campesinos. Por que tu acha que ele criaram essa milícia aqui? Por que tu acha que eles fecham a cidade todo dia ao anoitecer? Os camponeses são os inimigos dessa gente, Marion! Eles querem que a gente trabalhe e pague imposto até morrer! Eu não volto para lá nunca mais.

– E tu tá do lado deles. Tu virou um traidor! – Marion estava furiosa, revoltada, impotente.

– Era isso ou me juntar aos fora da lei na floresta de Sherwood – ele deu de ombros. – Tu quer me ver no pelourinho ou enforcado quando vir na cidade com o pai?

– Marion! O que tu tá fazendo nesse antro de PUTA? – seu pai avançou em direção a ela como se fosse matá-la, mas se conformou em dar-lhe uma bofetada que a desequilibrou de tal forma que Will teve de apará-la para que não fosse ao chão.

Seu pai cuspiu no chão na direção de Will. Agarrou o braço de Marion, a mão apertando como um torniquete, e saiu arrastando ela dali sem dizer uma palavra.

Eles fizeram em silêncio o caminho para fora da cidade. Quando chegaram em casa, faltava pouco para o sol se pôr. Marion e o pai trabalharam juntos e em silêncio enquanto desatrelavam o cavalo da carroça.

– Eu preciso falar uma coisa com tu – o pai disse de repente.
– O bispo falou comigo – Marion sentiu os pelinhos dos braços se arrepiarem. – Ele tá precisando de uma moça nova que nem tu pra ajudar na cozinha.

Pai! – Marion nunca tinha se atrevido a usar aquele tom de protesto antes.

– Tu vai. É bom soldo. Tu vai ter boa comida lá. E o dinheiro vai ajudar muito aqui em casa – ele fingiu não ter ouvido o tom de protesto anterior.

– Pai, tu não viu a forma como ele me olhou antes? – ela continuou em tom de desafio. – Ele não me quer de ajudante de cozinha, pai.

Marion não chegou a ver a segunda bofetada do dia vindo em sua direção. Essa foi mais forte que a primeira e partiu seu lábio, enchendo sua boca de sangue.

– Eu não vou de jeito nenhum! – antes que ele pudesse partir pra cima dela para estrangulá-la, como ela já havia visto antes ele fazer com sua mãe, ela pulou em cima do cavalo desatrelado e saiu galopando para longe dali.

As maldições de seu pai se perderam no vento, e ela não foi capaz de ouvi-las. Seu rosto estava banhado de lágrimas e ela se afastava de casa cegamente e sem direção.

Quando seu corpo parou de se contrair em soluços atormentados, Marion enxugou o rosto na manga do vestido, e percebeu que tinha sido levada pelo cavalo até a beira de um riacho, o que saía da floresta de Sherwood. Ela desmontou para lavar o rosto enquanto deixava o cavalo beber água.

Marion não percebeu os dois guerreiros que se aproximavam dela até ser tarde demais.

– Vejam só se não é Marion, a pastora de ovelhas – um dos guerreiros riu-se. Estava sem elmo e segurava a correia do cavalo dela.

– O que faz por aqui, Marion? Anda de conluio com os bandidos da floresta? – o segundo guerreiro estava logo atrás dela e envolveu sua cintura com o braço, apertando-a contra o corpo. – Ou talvez nossa Marion seja uma feiticeira. Está quase anoitecendo. Ela veio aqui para dançar nua com o diabo. Vamos, Marion, tire suas roupas e deixe-nos vê-la dançar.

Marion tentou se desvencilhar, mas ele era muito forte. Enquanto ela tentava com os dois braços afastá-lo, ele, com uma só mão, a mantinha firmemente presa, enquanto a outra apalpava descaradamente seu corpo.

– Me solte! – ela protestou, tentando não se deixar levar pelo medo que ameaçava dominá-la. – Meu irmão é da milícia. Ele vai mandar prender vocês.

– Seu irmão é um nada insignificante como você – o primeiro soldado cuspiu em desprezo.

– O bispo me pediu pro meu pai hoje. Eu vou ser mulher dele – ela estava verdadeiramente aterrorizada. Desistindo de tentar se soltar, ela procurava apenas deter a mão dele em seu corpo. Mas isso também se mostrou inútil.

Ao ouvi-la, os dois guerreiros explodiram em gargalhadas.

– Marion, pro que o bispo te quer, tu não tem que chegar novinha não – o segundo guerreiro colou os lábios em seus ouvidos e sussurrou. – Não se preocupa, não, Marion, que nós dois vamos mexer pouco contigo.

Ele derrubou Marion no chão e começou a puxar as saias dela pra cima. Marion começou a gritar e a implorar, mas eles apenas riram mais alto. Logo sua saia estava completamente pra cima da cintura. Sentindo que perdia as forças para lutar, Marion viu enojada que o segundo soldado esfregava o rosto nos pelos que cobriam sua parte mais íntima.

– Ai, Marion! Que delícia! – o segundo soldado suspirou, enquanto se afastava um pouco para baixar as calças.

Marion descobriu que havia perdido a voz pra gritar. Estava paralisada pelo horror.

Foi quando a primeira flecha atingiu o segundo cavalheiro na garganta. Esse primeiro disparo não foi fatal. Marion o viu lutar para respirar enquanto sua garganta se enchia de sangue. Ele enfim morreu sufocado e caiu pesadamente em cima dela, arrancando quase todo o ar de seus pulmões. Ela tentou se desvencilhar inutilmente, enquanto lutava para puxar golfadas de ar. O sangue quente dele começava a empapar a frente de seu vestido.

– Que diabos foi isso? – o primeiro soldado tinha sacado a espada, seus olhos vasculhavam a orla da floresta e ele procurou usar o corpo do cavalo como escudo, mas a segunda flecha atirada foi fatal, atingindo-o no olho direito.

Marion tinha desistido de se soltar e apenas chorava silenciosa e amargamente. Foi assim que o arqueiro vindo da floresta a encontrou. Ele puxou o corpo do segundo guerreiro de cima dela. Marion tentou empurrar a saia para se cobrir o mais rápido que pôde, mas estava lenta e desajeitada, como se estivesse prestes a desmaiar. O cheiro forte de sangue lhe deixava ainda mais desorientada.

– Você está bem? – o arqueiro se agachou junto dela.

Marion tentou se levantar. Contudo, isso era mais difícil do que imaginava. Suas pernas pareciam ser feitas de papa. E parecia que ela poderia desmaiar a qualquer instante. Lembrou vagamente que só havia tido uma refeição o dia todo. Mesmo assim sentia a garganta apertar com a vontade de vomitar.

– Quem é você? – ela esquadrinhou o rosto dele, mas não, ela não conhecia o arqueiro de lugar algum.

– Robin Hood – ele estendeu a mão para ajudá-la.

De anjos e Valkyrías

Por Felipe R.R. Porto

PRÓLOGO

Era um dia cinzento aquele. Os olhos de Esmond testemunhavam isto. O céu era como uma enorme lasca de mármore, de aparência fúnebre e soturna, como somente a própria morte deveria ser.

Uma sólida mortalha sobre um dia sombrio...

E foi neste dia que eles vieram.

Na verdade, foi neste dia que eles retornaram.

I
MISERICÓRDIA

As portas da capela do Monastério de Reculver haviam se aberto em um rompante, atrapalhando-o em suas orações inicias da manhã. Era um domingo. Era o Dia do Senhor. Onde estariam Dunstan e Edgar?

Entretanto, fosse quem fosse, movido por qualquer razão que fosse, era alguém reverente, pois os passos que haviam chegado escandalosos agora estavam quietos. A pessoa, ao que parecia, deixaria que ele terminasse o que fazia.

Godric estava diante do altar, sobre o qual um candelabro de ouro de três braços segurava velas com chamas que foram acesas naquela mesma manhã. Olhou para a face sôfrega do Senhor pregado a uma gigantesca cruz antes de fazer, respeitosamente, o Sinal da mesma, se pôr de pé e voltar-se para ver-se frente a frente com um monge jovem e franzino. Tinha os cabelos negros e lisos, e olhos castanhos. O rapaz era, de fato, de pouca idade e certamente sequer começara a segurar a pena e o tinteiro a fim de proporcionar cópias da Palavra de Deus. Ainda assim, Godric não o reconhecera como um dos que ali viviam e serviam.

O rapaz fez uma mesura.

– Meu... senhor... – ele gaguejou.

– Não sou seu rei, rapaz – Godric lhe interrompeu, corrigindo-o, mas sem a arrogância que alguns certamente exibiriam. – Sou apenas um servo, assim como você.

O rapaz ergueu os olhos, nos quais a urgência por pouco contida parecia prestes a saltar destes. Ele se levantou.

– Sou Godric, líder da armada de Reculver.

– Sou... Oswald, meu senhor – apresentou-se o jovem. – Do monastério de Dover.

Godric franziu o cenho.

– Dover? – inquiriu intrigado. – Dover fica a dias daqui.

– Exatamente, senhor – consentiu o rapaz. – Eu... eu vim dar um aviso...

Godric nada disse, apenas fez silêncio, indicando ao jovem monge que prosseguisse – no que ele teve certa dificuldade.

– Eles voltaram, senhor... os bárbaros!

Godric não soube o que dizer.

– Quais bárbaros? – ele perguntou. – Homens do interior? Houve outra revolta...?

Ele fez que não. Desesperadamente fez que não. Olhou de um lado para outro e, quando pareceu avistar algo, moveu-se com velocidade. Foi para o canto direito da capela. Uma sequência de quadros estava ali. Ele, após uma breve mas precisa inspeção, apontou um deles.

– Estes bárbaros! – ele disse, a mão trêmula tocando a obra.

Godric sentiu o coração galopar contra suas costelas.

"Bárbaros", sua mente repetiu enquanto seus olhos examinavam o afresco de cerca de dois séculos atrás. A obra não era somente uma ilustração, mas um lembrete de um período sombrio que vivera o reino de Kent. Nos detalhes da tela via-se o litoral com estranhos navios com serpentes, dragões ou algo semelhante, esculpidos em suas proas altas. Homens com arco e flechas, outros com escudos redondos de cores diversas em uma mão e machadinhas na outra. Os ingleses tinham os semblantes desesperados.

E havia sangue. Sangue, areia e as águas do Mar do Norte.

Os chamavam "bárbaros", mas a história também os chamara de "nórdicos". Homens impiedosos, adoradores de falsos deuses. E, ao que parecia, haviam voltado.

– Meu senhor?! Meu senhor?! – Godric, os olhos fitos na pintura, ouvira a voz do monge. – Eu venho trazer um aviso.

Ele sabia. "Meu Deus, Senhor meu", orou antes de Oswald concluir suas palavras.

– Eles atracaram no começo do mês em Folkestone. Saquearam o monastério, mataram todos os irmãos que lá serviam. Foram para Dover em seguida.

"Então, a qualquer momento, podem chegar até aqui...", concluiu sem dificuldade.

– Que bom que conseguiu deixar Dover a tempo, filho – Godric disse, pondo as mãos enluvadas e com manoplas nos ombros do monge. Sentia que o homem tremia. – Deus teve misericórdia de você. Isso talvez signifique que Ele está tendo o mesmo sentimento para conosco...

No entanto, Oswald, os olhos no chão, a cabeça raspada ao estilo franciscano. Sacudia a cabeça. Veementemente.

– Eu... fui um covarde... – o rapaz disse, a última palavra proferida sendo um urro desesperado. Começara a soluçar. – Eu... eu também teria morrido se eu estivesse... se eu... eu estava fora quando eles chegaram. Ouvi o sino, ouvi os gritos. Sabíamos que eles viriam. Vieram no avisar. Um irmão de Folkestone conseguiu chegar a nós. O irmão Deniel, nosso Bispo, disse para que ficássemos todos no monastério, pois o Senhor nos protegeria dos pagãos e seus falsos deuses. Mas eu... eu tive medo. Eu fugi, meu senhor... – o monge rompeu em choros, caindo de joelhos. – eu fugi covardemente e deixei meus irmãos para morrer...

Godric não soube o que dizer diante dos lamentos do jovem. Se o homem errado soubesse daquilo, Oswald poderia morrer. Entretanto, para alguns, o "homem errado" estaria fazendo a "coisa certa."

O líder da armada não concordava. O Senhor fora misericordioso permitindo a fuga do rapaz. Fora isso. Não havia outra explicação. Era misericórdia.

Oswald havia parado com suas palavras. Silêncio. E foi neste silêncio que se tornou possível ouvir algo mais:

O sino de Reculver estava tocando.

– Eles chegaram! – Oswald, tremendo, a voz embargada, disse se agarrando à malha fria das vestes de Godric. – Estão aqui. Chegaram.

II
MEDO QUE VEM SOBRE AS ONDAS

Fora da capela os ventos sopravam insistentes, fazendo com que os longos cabelos castanho-escuros de Godric chicoteassem. Ventos estes que também sopravam frios, ainda que não fosse inverno. Ventos de um outono que chegara havia pouco mais de um mês.

O monastério fora trancado. Os portões de Reculver foram trancados. Os moradores foram para suas casas.

– Orem ao Senhor por nós! – ele lhes disse. – É o único modo de vocês nos ajudarem.

"E que Ele os ouça".

Atrás de si sua armada estava organizada. Quinhentos homens com espadas e escudos, duzentos deles também munidos de arco e flecha. Quinhentos homens que ele esperava serem o bastante. Ele era capaz de ouvir, juntos aos silvos cortantes do vento, murmúrios, embora não fosse capaz de discernir o que estavam dizendo. Entretanto, cria não ser necessário.

A tensão pairava na brisa gélida. Ele quase podia tocá-la.

A mão esquerda de Godric estava agarrada ao cabo de Veronika, sua espada. No pomo uma safira normalmente brilhante devido ao sol agora estava fosca, opaca pela ausência do mesmo. As juntas dos dedos, escondidas sobre luvas negras de couro fervido, doíam firmemente agarradas ao cabo como um homem agarraria uma corda que o salvaria de uma queda de centenas de pés de altura. Como se sua vida dependesse disto. Contudo, não era um covarde. Dali ele via pouco mais de uma dezena de drakkares prestes a atracar nas areias do litoral nordeste de Kent.

"Não somos covardes."

– Arqueiros! – bradou, a mão agarrando, se possível, com mais força o cabo da espada.

Duzentos homens se posicionaram ao seu lado, cem à direita e cem à esquerda. Depositava sua Fé em que o Senhor usaria tais armas a seu favor. Seus homens eram competentes, mas nunca haviam enfrentado os tais nórdicos. Nenhum deles havia. Isso, é claro, o incluía. A história, e não algum velho tolo e supersticioso, dizia que os tais bárbaros eram vorazes guerreiros. Bestas em batalha. Iam para a batalha como se estivessem famintos e sedentos, como se os oponentes detivessem a comida que lhes tiraria a fome e a preciosa água que lhes saciaria a sede.

Godric se perguntava se dois séculos teriam mudado isto.

– Preparar! – ordenou, vendo os drakkares mais próximos. – Apontar! – de relance viu, à direita e à esquerda, os arcos ingleses se erguerem.

Um homem, um jovem guerreiro, na verdade, à sua direita, apavorado, deixou sua flecha escapar e cair a seus pés. Seu nome era Esmond. Era habilidoso com a espada e com o arco e flecha. Entretanto, seu terror era compreensível. Era sua primeira batalha.

Sentia medo.

"Medo que vem sobre as ondas", pensou.

Um drakkar atracou, depois outro, outro e os demais. Homens, como água ebulindo, saltavam das estranhas embarcações. Godric cria que poderiam ser, no mínimo, mil e quinhentos homens. Gritavam ferozes, avançando rumo às areias que por dois séculos aqueles pés pagãos não tocaram.

– Atirar! – Godric, por fim, ordenou e a primeira saraiva subiu aos céus e, em seguida, mergulhou, indo ao encontro dos invasores.

Escudos foram levantados, interceptando hastes, enquanto outros se atrasaram em fazê-lo e, por isso, homens tombaram nas areias de Reculver.

Godric ordenou a próxima saraiva. A cena se repetiu. Alguns permaneceram de pé, outros tombaram.

Godric se preparava para ordenar a terceira saraivada quando os nórdicos se reuniram em vários grupos, alguns levantando seus escudos e outros apenas os seguravam na altura dos joelhos, concluindo uma espécie de carapaça.

Ainda assim Godric deu o sinal e flechas voaram. Algumas fincaram em escudos onde outras já repousavam, enquanto as demais apenas se encontravam com a areia. Tiros vãos.

Godric aguardou. Os nórdicos pareceram fazer o mesmo.

Pareceram, pois o soldado logo à sua esquerda, de nome Adelberth, tombou inesperadamente, atingido por uma flecha bárbara no pescoço, onde esta ficou. Sangue e areia se misturaram onde o homem havia caído. Sua garganta raspava enquanto ele, em vão, parecia buscar ar para respirar.

No entanto, poucos segundos depois, a agonia cessou e seus mortos olhos escuros fitavam o céu.

– Escudos! – Godric se obrigou a ordenar. Todos seguiram a ordem. Ele suspirou. – Espadas! – o som de aço raspando no couro das bainhas se seguiu.

E, assim, com escudos e espadas empunhados, os ingleses desceram a encosta para enfrentar os bárbaros.

O aço inglês se chocaria com o nórdico.

III
SANGUE E AÇO

A canção da guerra. Os instrumentos se chocavam, aço contra aço, aço contra madeira, aço contra carne... contra ossos. O coro sinistro era torpe; gritos dos que morriam. Gritos dos que matavam.

A lâmina de Godric jamais estivera tão rubra. Aquelas areias, ao menos aos seus olhos, jamais tão escarlates. Corpos estavam espalhados pela praia e mais, a cada avanço da hedionda sinfonia, tombavam.

Um homem avançou sobre Godric. Olhos verdes enraivecidos brilhavam em um rosto coberto de pelos ruivos, a barba trançada manchada de sangue. Ele vinha sem escudo, mas trazia duas machadinhas das quais os fios de corte estavam vermelhos. Sangue inglês.

As machadinhas desceram sobre ele, que ergueu o escudo. Os golpes do homem eram consecutivos, como se estivessem não cortando, mas martelando. *Bang! Bang! Bang!* Godric aguardou o momento certo e, em uma das investidas do grande nórdico, se lançou para o lado girando. Verônika encontrou a perna do homem que urrou, mas este, em vez de enfraquecido, pareceu tornar-se mais determinado. Investiu novamente com voracidade. Voracidade esta que lhe custou muito, pois novamente Godric desviou, encontrando as costelas do homem livres.

Logo sentia o aço de Verônika raspando, de baixo para cima, contra as costelas do bárbaro, que tombou na areia para acompanhar mais dos seus.

Outros vieram. O seguinte ao grandalhão chocou-se contra Godric, escudo contra escudo, mas descobriu que o inglês era mais resistente do que esperava. Surpreso, paralisou-se por dois segundos, mas o bastante para que a lâmina de Godric lhe encontrasse a jugular.

Sangue espirrou contra o rosto do inglês e escorreu para os lábios. Sabor de aço. Godric se perguntou se era por isso, pelo amargor de aço e sangue, que ambos tanto se encontravam... se era por isto que, em guerras, sangue e aço era o que mais se encontrava.

Quando o próximo oponente surgiu, Veronika, sem dificuldade, encontrou seu abdômen e o abriu. O homem tombou. Godric avançou contra outro. "Deus, é apenas um garoto", ele pensou ao vê-lo. Entretanto, o garoto avançou contra ele, provavelmente não se preocupando por Godric talvez ter idade para ser seu pai. O jovem avançou, mas avançou para a morte. Logo jazia sobre a praia, também contribuindo para o banho de sangue ser ainda maior.

Era o dia mais longo de sua vida. Também o mais sombrio. Ingleses tombavam. Nórdicos tombavam. Seu corpo doía, mas ele prosseguia – os dedos em torno do cabo da espada pareciam ter nascido ali. Sua garganta estava seca. Ali só havia sangue e água do mar, nada que pudesse saciar sua sede.

Entretanto, gloriosa e inacreditavelmente, viu os ingleses permanecendo. Ainda que pudesse contar, entre relances apressados, somente cerca de cem homens contra um número semelhante de nórdicos. Estes números, infelizmente, baixaram mais, mais e mais.

Ao fim a praia era um mar de sangue. Areias que provavam apenas do sal do mar agora também provavam do amargor do sangue. Ali, debaixo do inesperado céu frio de outono, dezessete ingleses permaneciam em pé onde seus companheiros e todos os nórdicos jaziam mortos ou esperando que esta viesse.

Godric ouviu algo. Uma voz. A rastreou cambaleante até encontrar um dos bárbaros fitando os céus com olhos cinzentos. Tinha a cabeça raspada e uma barba de fios louros. Que Deus perdoasse Godric, mas o maldito sorria. Dizia algo... algo que aos ouvidos ingleses de Godric não se tornou compreensível de imediato, mas ele veio entender.

– Freya... Freya... – ele dizia o nome, dizia algumas palavras e tornava a repetí-lo. – Freya...

Freya, até onde Godric sabia, era filha do deus nórdico Odin. Ela era, por assim dizer, senhora das Valkyrias... entidades femininas que viriam buscar as almas dos que morriam em batalha...

– Freya... Freya...

Ele chamou uma última vez antes que o aço de Veronika encontrasse seu coração.

Os olhos do nórdico permaneceram abertos. O sorriso ainda nos lábios, fazendo com que Godric se sentisse levemente frustrado, se perguntando quem, de fato, vencera.

O inglês se endireitou, olhou em volta, contemplando a necrópole à beira do mar, para o qual olhou, demorando-se, orando ao Senhor para que aquele não fosse um fim, mas "o" fim.

Devolveu Veronika, mesmo ensanguentada, à bainha. O sangue não deixou ser ouvido o costumeiro som de couro raspando em aço.

Godric cria somente em um Deus, mas por um instante – um instante que ele sabia ser blasfemo – ele se permitiu perguntar se, acima deles, mesmo que invisível aos seus olhos, os Anjos do Senhor e as Valkyrias de Odin travavam alguma batalha.

EPÍLOGO

O dia permanecia cinzento. Os olhos de Esmond ainda testemunhavam isto. O céu era a mesma enorme lasca de mármore de antes, de aparência fúnebre e soturna, como somente a própria morte deveria ser... Uma perfeita lápide para os mortos daquele dia.

Uma sólida mortalha sobre um dia sombrio...

O dia em que eles vieram.

Esmond, ajoelhado nas areias tingidas de carmesim, incrédulo, agradecia por ter sobrevivido.

Ele ainda ouvia o vento silvando. Ainda ouvia as ondas quebrando.

Ele estava vivo. Gloriosamente vivo.

Hairesís[1]: a escolha

Por Nicoletta Mocci

Augustus, dia primeiro, Anno Domini 1307, Burgo de Biasca

Ainda não consigo extirpar o horror da minha memória. Foram muitos acontecimentos nestes últimos quatro anos, desde quando decidi seguir Margherita na sua paixão por Davide. Margherita era minha amiga, minha irmã de alma e nunca na vida eu ia me imaginar sem ela, como estou agora. Ainda lembro quando Davide chegou ao nosso castelo. Ele era alto, forte e com uma grande barba, mas o que mais chamava a atenção era sua fala. Ele nos falou da vida dele com os apostólicos, falou da morte de Segarelli e de como ele queria levar adiante a sua predicação. Tudo que ele dizia fazia sentido para mim e para Margherita; para mim talvez mais do que para ela, considerando que minha família, ou o que restava dela, era feita de camponeses com nenhuma posse além dos instrumentos de trabalho. Davide, ou Frei Dolcino, como gostava de ser chamado, sabia convencer. A sua intensidade era presente em

---

1 Do grego antigo: escolher.

cada palavra. As suas predicações se tornaram famosas na região de Arco, onde ele se refugiou após a condenação e a morte na fogueira de Gherardo Segarelli. Ele predicava a livre interpretação do Evangelho e o direito a predicar, condenava a hierarquia e a corrupção da Igreja de Roma assim como o cruel poderio feudal. Ele queria criar uma comunidade de ajuda mútua, com comunhão de bens e garantia de direitos iguais para homens e mulheres, incluindo, entre eles, a liberdade sexual.

As suas predicações conquistaram camponeses, comerciantes e famílias ricas que queriam limitar o poder da Igreja nos assuntos mundanos. Foi assim que se juntaram a nós, soldados pagos pelo Senhor Visconti, que tinha assuntos pendentes com os guelfos como os marqueses de Saluzzo e de Monferrato. Só Deus sabe quanto precisávamos da ajuda destes soldados.

Foi da noite para o dia.

– Benedetta! Acorda, irmã – era Margherita me chamando.

– Que foi, irmã? – balbuciei confusa.

– Amanhã eu vou com Dolcino. Vou seguir ele por onde ele for. Vem comigo, não quero me separar de você.

Eu tinha receio. Nunca tinha saído de Arco, mas tinha consciência da violência dos exércitos da Igreja. E ele queria voltar bem ao lugar quente das perseguições. E o meu velho pai? Ia deixar ele sozinho na espera perene de Frederico, que nunca voltou da cruzada? Por outro lado, a minha vida nunca foi longe de Margherita. Desde que me conheço por gente, nunca passei um dia longe dela. Minha mãe era cozinheira do castelo e sempre moramos lá. Quando mamãe morreu, sete anos atrás, papai decidiu voltar para a vila e para o seu pedaço de terra, e Frederico começou a vida de soldado. Eu fiquei no castelo com Margherita, que sempre considerei como minha irmã. E agora ela queria partir. E não era só isso que pesava. Entre os seguidores de Frei Dolcino estava Alberto. Ninguém que eu conhecia tinha aquele olhar. Me apaixonei por ele no primeiro momento que o vi. Foi por isso que, após minha conversa com Margherita, escrevi uma carta para meu pai e entreguei para dona Francesca. Não ia conseguir explicar para meu pai a minha decisão, tendo que olhar ele nos olhos.

Nas primeiras horas da manhã partimos rumo à Valsesia. Estávamos quase no fim do Anno Domini 1303. As vilas de Gattinara e Serravalle nos acolheram. Foi o melhor período desta aventura. Os camponeses estavam fartos do poderio feudal e nos apoiavam, nos ofereciam comida e abriam as próprias casas. Quase no fim de *Martius* do Anno Domini de 1304 aconteceu a primeira batalha, em Rodo. Os cruzados vieram com tudo por cima de nós, por cima dos camponeses. Senhores de terras e senhores corruptos de almas, como o bispo de Sion. E muitas pobres almas compradas com a promessa das indulgências. A cabeça da Igreja era corrupta, seus braços santos e leigos também. Mesmo assim conseguimos ganhar essa primeira batalha. Não tivemos nenhuma perda. Celebramos, ainda me lembro do dia depois. Foi bem naquele dia que Alberto me pediu para ser a sua companheira, a irmã mais querida. Se fechar os olhos ainda consigo lembrar da sensação da sua barba na minha testa, dos rodeios na dança, dos olhos felizes de Margherita. Do aperto que Frei Dolcino nos deu.

– Estamos construindo algo novo, somos os novos homens e as novas mulheres. Somos puros, somos humanos e filhos de Deus. *Penitenziagite!*

O sossego não duro muito. Em *Aprilis* nos surpreenderam em Grignasco. Tivemos muitas perdas. Homens e mulheres, dos nossos. Irmãos e irmãs. Perdemos apoios e simpatizantes também. A Igreja infiel a Deus ameaçava os camponeses, ameaçava qualquer pessoa que parecia concordar com nossas ideias sobre a necessidade de um Novo Reinado, fiel ao exemplo de vida de

Jesus e dos apóstolos. Nós éramos apóstolos do verdadeiro espírito da revelação do filho de Deus. Eu sabia que isso era verdade, eu sabia que isso era o sentido da nossa luta, da nossa vida e do nosso exemplo, mas vacilava. Eu admirava a força de alguns de nós que pareciam não ter dúvidas, não ter medo da repressão. Alberto em primeiro lugar, o meu companheiro, o meu irmão de alma e de vida. Margherita, minha irmã. E Longino. Valderico. Federico. Se tinham medo, não mostravam. Iam em frente. Derrota após derrota. Na fome. Nas perdas. No frio.

Eu queria muito ter essa firmeza, mas eu chorava. Chorava de fome. Acordava com medo. Chegava a faltar o fôlego. Eu não tinha nada a perder a não ser a minha própria vida. Foi no Anno Domini de 1304 que eu percebi quanto prezava a minha vida. O meu respiro. As batidas do meu coração. E não era só isso. Eu tinha a perder minha possível vida com Alberto.

– Irmã amada, o que está acontecendo? Cadê o brilho dos teus olhos?

Ele não entendia o quanto o futuro me fazia falta. Me abri com ele. Então ele me disse:

– Irmã, não temos vida longe disto. A nossa vida como amantes e irmãos é aqui. Eu não seria Alberto longe daqui. Longe daqui você teria a sombra do homem que ama. Acredite. Nós nascemos do ventre de nossas mães e renascemos quando decidimos seguir Frei Dolcino e ser irmãos em igualdade.

Ele tinha razão. E como se tinha. Acordei pra vida. *Penitenziagite!* Eu tinha que passar pela fome, pelo frio e pelo medo para entender que estava no caminho certo.

O Anno Domini de 1305 começou com a nossa retirada para os montes da Valsesia. Nos estabelecemos no monte chamado Parede Calva. Era um lugar de dificílimo acesso. Lá conseguimos atrair mais pessoas, aquelas que nem a promessa de indulgências conseguia aproximar para a corrupta visão dos bispos de Novara e Vercelli. Muitas mulheres, muitas crianças. Estávamos nos tornando uma verdadeira comunidade nova. Novos homens e novas mulheres. Foi muito entusiasmo, muita alegria. Foi felicidade. Foi amor compartilhado. Aquele inverno não tinha que chegar. O frio intenso nos dizimou, muitos daqueles que não morreram pelo frio e pela fome nos abandonaram. O Natal não foi fácil, mas resistimos. Éramos nós, os verdadeiros apóstolos. O nosso ideal tinha tomado corpo. Os nossos corpos. Eu não era mais Benedetta. Eu era uma irmã, uma apóstola. Uma nova mulher. Talvez mais parecida comigo de quanto Benedetta tinha sido.

No Anno Domini de 1306 tivemos que escolher entre morrer de fome ou saquear as cidades. Os camponeses e o povo das vilas deixaram de nos apoiar. Não entendiam a nossa ferocidade. Não estavam dispostos a se sacrificar para o nosso ideal se tornar realidade. Eu até entendia, mas nunca perdoarei a falta de decisão. Estávamos lutando por eles também e eles simplesmente nos deram as costas. Aquele diabo de um bispo, Raniero se chamava, enrolado na riqueza, no ouro e na fartura, nos lançou contra mais cruzados. Tivemos que nos barricar no monte Rubelo. Construímos grutas e túneis subterrâneos. Tinha dias que eu simplesmente caía no sono do nada. Meu corpo não aguentava tanto esforço físico e tão pouca comida. O exército de cruzados era enorme, todas as cidades novas apoiaram aquela aberração de bispo. Biella, Vercelli, Genoa, Novara, Pavia. As tropas dos Savoia. Era uma guerra desproporcional.

Nós tínhamos a força da Verdade do nosso lado, mas eles tinham a força das armas. Lanças, espadas, balestas. Nós com nossos machados e martelos rudimentares.

Foi no dia 23 de *Martius* do Ano Domini de 1307. Eles conseguiram nos atrair na Planície de Stavello. Foi um massacre. Eu não estava no acampamento do monte quando todos desceram.

Tinha ido procurar mais lenha. Quando escutei os gritos, voltei. Corri. Só Deus sabe o quanto. Corri e corri para a baixada sem enxergar as árvores, arranhando meus pés e minhas pernas. Quando cheguei, o sangue já estava escorrendo até o rio e os cavalos dos cruzados estavam batendo em retirada. Caminhei entre os corpos, não sei o que estava pensando. Não sei se estava esperando encontrar os rostos queridos ali ou se preferia que eles tivessem sido levados. Foi na confusão mental que o vi. Ele estava com a cabeça no chão e uma *francisca*[2] nas costas. Reconheci o cinto de couro que nós decoramos juntos. Nem precisei virar o corpo para saber que o meu amor estava morto. Estava coberto de sangue e não respirava mais. Gritei. Chorei. Abracei o corpo dele. E aí levantei. Fui olhar os corpos um por um. Achei Federico, Valderico. Bona. Maria. Todos, menos três. Faltava Margherita. Faltava Longino. E faltava Frei Dolcino. Pegaram eles. O meu coração queria que eles tivessem conseguido escapar, mas meu cérebro dizia que tinham sido levados até a cidade.

    Tentei achar um trecho do rio que não fosse vermelho de sangue, me lavei e desci para a cidade.

    A confusão era tanta que não tive dúvidas. Me misturei com o povo. Perguntei.

– Pegaram o frei herético.

– E mais a diaba da companheira dele.

– Eles vão ser queimados na fogueira. Bem que merecem.

Os que não falavam eu sabia que eram nossos apoiadores. Me aproximei de uma destas mulheres quietas. Poucas palavras e ela entendeu. Fiquei na pequena casa dela até o dia marcado para a execução. Processo não houve. O bispo decidiu: fogueira para Longino e Margherita. Tortura seguida de fogueira para Dolcino.

    Longino e Margherita foram levados para Biella, perto do rio e lá foram queimados. Não sei como consegui, mas eu tinha que

---

2 Arma de arremesso usada na Idade Média.

ver. Precisava acompanhar aquela injustiça com os meus olhos. Eles levaram Dolcino também. Para ver a amada ser queimada. Aquele cheiro não sai do meu nariz. Cheiro de sangue, de carne queimada. E os gritos. Não soube distinguir entre os gritos de Longino e aqueles de Margherita. Os gritos de ambos se tornaram um único grito, que acompanhei com soluços do meu coração, no meio do povo que foi olhar a execução. Depois, mais horror. Arrebentaram o corpo de Dolcino com pinças e brasa. Cortaram o nariz. E o pênis. Quando colocaram ele na fogueira, não era mais Dolcino. Não era mais Davide. Era a sombra de um homem, mas a sua força pairava no ar. Ele me viu. Quando começaram a cortar a pele dele com as pinças. Ele me olhou. Aquele olhar dizia muito.

Eu tinha pensado naqueles meses em que a minha vida não fazia mais sentido. Sem Alberto. E agora ia perder mais dois irmãos. E Margherita. Passei muitas noites pensando em como tirar minha vida após presenciar a morte deles, mas o olhar de Dolcino me fustigou.

O seu olhar gritava... *Penitenziagite!*

Agora estou aqui. Um mês se passou das fogueiras. Andei muito. Me afastei de Vercelli. Rumo ao norte. Haìresis: eu escolhi. Sou uma herética e preciso me manter viva. Preciso continuar. Preciso reconstruir. Preciso contar nossa história. Preciso lutar.

Benedetta de Arco, apóstola,
irmã de Margherita e companheira de Alberto da Cimeg.

A lança do destino

Por Dennise Di Fonseca

Quatro de julho do ano 1187 de Nosso Senhor.

Em algum lugar no deserto do Oriente próximo...
    Ele andava sobre as dunas. Seus pés pesavam toneladas e suas pernas mal se levantavam do chão. O sol ardia sobre sua cabeça, sua mente estava letárgica e seu rosto coberto da areia que o vento quente insistia usar para golpeá-lo. De repente, à sua frente, ergueu-se no horizonte uma grande construção. Sua visão tremulava por causa do calor que emanava do solo. Sua pele clara estava castigada pelo calor, mas seus olhos cor de mata ainda eram bonitos.
    O homem estava caminhando há muito tempo, em um desespero sem medidas, de fugir da morte que o procurava ceifar sem sucesso. Ele tinha que chegar ao seu destino e pelo menos tentar fazer o que deveria ser feito. Sua vida passava em sua mente em flashes confusos e fora de ordem. Adriel estava com sede e isso o impulsionou a descer correndo e escorregando um grande morro de areia que o separava daquela visão. Tropeçando em seus próprios pés e caindo, levantando e prosseguindo, como foi

em toda sua existência. Durante a maior parte do tempo sentia que andava a esmo.

Vestido de nada mais que um monte de trapos sujos até a cabeça, ele se aproximou dos portões da fortaleza. Do alto da muralha alguém o avistou, um soldado:

– Quem vem lá? – Um jovenzinho falava com voz trêmula e, em mãos também trêmulas, empunhando um arco, indagou do alto, sobre sua cabeça.

– Mande abrir o portão, menino! – Adriel apoiava o corpo cansado sobre os joelhos. O menino reconheceu o rapaz e sorriu espantado.

– Desculpe-me, senhor. Precaução nunca é demais! Aristeu! Abra o portão! – gritou o menino com uma voz fina – Desculpe senhor, mas...

– Perdemos, menino. Perdemos... – Adriel adentrava pela muralha. As portas eram abertas por uma cópia do garotinho ruivo do alto da muralha. Seu irmão gêmeo que, de cabeça baixa, recebia a notícia do infortúnio dos seus.

Adriel tirava as faixas da mortalha que cobria o seu cabelo. Os fios loiros caiam sujos sobre seus ombros esfarrapados. Matias, o vigia da muralha, correu para ampará-lo, pois estava visivelmente cambaleante. Aristeu, igualmente solícito, correu para pegar uma jarra de água, tão valiosa naquelas terras. Adriel foi deitado em um monte de palha, não muito longe dos portões. Ao lhe ser entregue a água, bebia desesperadamente.

Vendo os olhos tristes e desesperados que o encaravam, Adriel parou por um momento e os fitou calado. Eles estavam perplexos com a má notícia e ele não tinha nada para dizer que os reconfortasse:

– Vocês precisam ser fortes... vocês têm que ser fortes! – Adriel os pegou pelos ombros, lado a lado. Suas estaturas, suas vozes finas e seus rostos denunciavam a idade pueril. – Não era nem para vocês estarem aqui! Mas agora é hora de sobreviver – Adriel não achava certo a guerra envolver crianças inocentes, ainda mais que lhes tirasse a inocência. – O pai de vocês morreu bravamente, agora... – Sua frase foi interrompida por um estrondo no portão da fortaleza.

Um alazão negro escancarou os portões, descuidadamente deixados sem as trancas por Matias, no calor da chegada de Adriel.

O cavaleiro sobre o cavalo vestia uma malha e uma túnica negra, tinha pele morena e brandia ao ar uma espada bastarda, que segurava com maestria. Seu rosto, coberto por um elmo prata, parecido com a abóbada de uma mesquita, brilhava ao sol. Após ele, um grupo de uns trinta guerreiros adentrou também ao recinto, todos armados de espadas, bestas e machados.

Adriel se levantou rapidamente e empurrou os meninos para o interior do pátio. Os pequenos de cabeça vermelha correram muito, para dentro do prédio, provavelmente para um túnel que serviria como rota de fuga.

O cavaleiro negro se aproximou com a espada acima da cabeça. Adriel estava exausto demais para reagir. O tilintar dos metais da armadura do guerreiro, os gritos dos outros soldados que corriam atrás dos meninos... a Adriel só sobrou levantar o semblante e encarar o seu destino.

De repente o cavaleiro parou no meio do caminho. O cavaleiro tinha um rosto muito austero, suas feições eram fortes.

– Por quê, meu amigo? – O cavaleiro lançou um olhar decepcionado.

– Deixe os meninos em paz. Você já tem a mim – Adriel intercedia.

– Para quê, cristão? Para eles crescerem e voltarem para tomar nossa terra, estuprar nossas mulheres e matar nossos filhos? Não! Nesse instante já devem estar mortos – o muçulmano olhava com desconfiança para o rapaz de cabelos amarelos.

– Mas, por Alá, não vai ser por minhas mãos que você encontrará a justiça, cristão! Sei que Saladino tem um futuro muito pior preparado para você.

Acorrentado nos pés, mãos e pescoço, Adriel era conduzido pelo deserto, como um "Prometeu". Ao virar seu pescoço para trás e olhar para o alto da muralha, o gigante amarrado ficou estarrecido: duas pequenas cabeças vermelhas eram as bandeiras na ponta de lanças sarracenas!

Adriel abaixou os olhos e, resignado, seguiu seu caminho.

No cair da noite, já ao vento frio do deserto, eles adentraram no acampamento sarraceno, às margens do lago Tiberíades. Cabeças dos cruzados que estavam em lanças por todo o caminho até o acampamento muçulmano, muito sangue, muitas mortes.

Os cruzados foram ao encontro de Saladino, que estava confortavelmente acampado junto à água, levando seu exército à fome e a exaustão, o ataque foi só questão de tempo... o maior número de combatentes e as melhores condições do exército do Sultão do Egito vieram a confirmar aquilo que qualquer soldado em sã consciência apontaria como resultado. Para Saladino, entrar triunfante em Jerusalém era questão de tempo agora, já que estava desguarnecida e os seus maiores protetores, os Templários, totalmente derrotados e desmoralizados em uma batalha estúpida.

Adriel foi conduzido para a tenda maior, a tenda do homem mais temido, e jogado aos pés de um homem de barba longa cinza e turbante negro. Seus olhos eram ferozes, mas não cruéis. Guy de Lusignan, o Rei consorte de Jerusalém, de olhos incrivelmente azuis, franceses e medrosos, com suas vestes templárias, estava assentado em uma almofada, à frente do Sultão. E, ao seu lado, o infame Renaud de Châtillon, vermelho, com seu ar debochado e também com a cruz de malta em seu peito, o Senhor de Oultrejordain e Montreal.

Adriel se precipitou contra Chântillon, o homem de traços fortes e pele morena que o havia capturado e o segurava pelas correntes.

– Maldito! A sua cobiça e arrogância custou a vida de muitos!

– Adriel parou de gritar ao levantar da mão do Sultão.

– Agora é fácil você apontar o culpado, traidor! – O homem que segurava suas correntes as puxou um pouco mais.

– Silêncio, Abdul! – os olhos do Sultão pareciam esquadrinhar cada mente. – Então, esse é o homem que atacou a caravana de minha irmã... – analisou Saladino, com a mão ao queixo.

– Foi uma cilada, não atacaria liteira de uma mulher, senhor. Cilada de Chântillon! – Adriel olhava para seu inimigo de soslaio. Havia esperado um bom tempo por aquele acerto de contas, mas não imaginava que seria no momento de sua morte.

– Você matou a mulher do homem a quem jurou amizade! – Abdul o colocou ajoelhado à frente de Saladino.

– Logo foi você, *Sir* Adriel L'Espoir, que deflagrou esse insólito acontecimento... – replicou o francês, Chântillon, de cabelos vermelhos e ironia vil. Adriel olhou para Abdul e viu que não teria mesmo chance de acabar com aquele mentiroso, o lobo traiçoeiro que o havia enganado, Chântillon.

O Sultão se virou para o Rei:

– Não irá se pronunciar? Você que tantas vezes firmou acordos, assinou tratados? Você que tantas vezes violou a própria palavra dada? – dizia estas palavras como em um julgamento, sendo juiz e algoz.

– Os reis sempre agiram assim. Eu não acrescentei nada a esse fato na história – Guy de Lusignan, o Rei, tremia sobre seu acento. Seu aspecto era deplorável. Saladino fez sinal a um servo, ao perceber que Guy parecia passar mal. O servo trouxe uma taça de prata com gelo das montanhas e entregou ao Sultão, que a encheu com água de sua jarra, também de prata e adornada com rubis, depositada em uma mesa no canto da tenda. O Sultão olhou para o Rei de Jerusalém e, solícito, entregou-lhe a taça. Os olhos azuis se acenderam em desconfiança, mas aceitou. Bebeu um pouco, mas entregou a Chântillon logo o restante, pois os seus olhos já o constrangiam a isso. O vermelho bebeu ferozmente. Ao terminar, percebeu os negros olhos de Saladino ardendo em ira.

– Eu lhe ofereci água, homem? – o Sultão o olhava de lado, como um touro ferido. Adriel sentia algo, calafrios de tensão passavam na espinha do Rei.

– Não, mas eu peguei! – o francês vermelho era tão estúpido quanto sua boca era grande.

– Já que não pediu permissão para beber da minha água, não terá também o direito de pedir minha misericórdia! – com um movimento rápido e certeiro, Saladino desembainhou sua espada curva como o Crescente Sarraceno e acertou o pescoço de Chântillon mortalmente.

Com o tombar do corpo de Chântillon, era visível o terror que tomou o semblante de Guy de Lusignan. Arrastando o corpo de seu inimigo com as próprias mãos, para a frente do rei, Saladino decepou sua cabeça vermelha com sua espada mortal. Guy se limitou a virar o rosto. Adriel não piscou, não temeu. O Sultão entregou a sua espada ao servo, para que fosse limpa, e se abaixou, deixando seus olhos no nível dos do Rei, sentado.

– Esse homem morreu devido à sua maleficência e perfídia – Saladino pegou nos ombros do Rei e o colocou em pé. Ele tremia de pavor, temendo um futuro ainda pior que o de seu comandante. Percebendo seu estado de terror, o Sultão disse: – Reis de verdade não matam uns aos outros. Devia ter aprendido isso com seu antecessor. Ele era digno.

Saladino virou-se para Abdul, que aguardava poder matar Adriel da mesma forma.

– Leve o Rei de Jerusalém para suas acomodações e o vigie até segunda ordem.

– Mas e o... – Abdul queria sua vingança logo. Não entendia porque o irmão de sua esposa adiava tanto lhe oferecer isso.

– Faça agora! Eu cuido do seu antigo amigo cristão. Deixe a espada. Convém que seja feito com sua própria arma! – Saladino sorriu e Abdul entendeu que era melhor não desafiar a ordem de alguém que sorri com sangue nas mãos. Fincou a espada no centro da tenda e levou Lusignan ainda atônito para fora da tenda, deixando Adriel, Saladino e dois servos somente. A um sinal do Sultão, Adriel foi solto dos ferros que o prendiam e as correntes desatadas. Adriel se levantou massageando os pulsos. Mais um sinal e os escravos saíram, deixando-os sozinhos na tenda.

– Então, você teve o que quis – o Sultão limpou o sangue de suas mãos e andou até uma urna, ao canto da tenda, de onde retirou um artefato envolto em um tecido carmesim. O homem de cabelos loiros o desembrulhou. Era algo parecido com a ponta de uma lança romana antiga – a Lança do Destino. Ele sorriu para si mesmo e voltou a embrulhá-la, escondendo debaixo de sua capa.

– Daqui a poucos dias você entrará triunfante nas ruas da Cidade Santa. Você que teve o que quis, Sultão – o homem louro abaixou a cabeça, em reverência.

– E você a tirou das mãos dos Templários, como queria. Mas deixo a palavra "triunfo" para os seus, prefiro "vitorioso" – o Sultão dizia isso por causa dos requisitos para alguém obter um "triunfo" em Roma. – Entrar na cidade em uma procissão, guiando uma biga, com uma coroa de louro e vestido de púrpura, no passado: matar cinco mil homens.

– Não esqueça, foi você que veio me procurar. Nada teríamos conseguido, sem sua ajuda – o Sultão foi até a espada e, retirando-a das areias da base da tenda, entregou a Adriel.

– Minhas razões estão além do seu entendimento. Eles estavam indo longe demais. Se eu lhe contar, terei que matá-lo...
– Adriel falava sem o olhar nos olhos. Como se estivesse enver-

gonhado, olhava para o cabo de sua espada, adornado com esmeraldas. – Jamais entenderia o motivo que me levou a ser duplamente traidor.

– Como jamais entenderei o fato de que seu nome jamais será citado quando falarem sobre os acontecimentos dessa guerra. Como jamais entenderei o fato de que o homem que matou minha irmã foi o mesmo homem que me entregou Jerusalém. – O Sultão olhava para Adriel curioso.

– Eu realmente achei que era o senhor naquela liteira. Até então, as instruções que eu havia tido eram de matá-lo. Só que os acontecimentos mudaram os fatos. – Adriel o olhava firme, sem deixar-se intimidar. Seus olhos verdes estavam escuros, tanto quanto suas intenções eram obscuras na maior parte do tempo.

– Eu acredito em você. Se não acreditasse, seria o seu corpo ali no chão, sem cabeça, e não o de Chântillon – o Sultão sorriu sinceramente, amenizando a ameaça velada ao servir água a Adriel, que bebeu rapidamente. – Então, agora creio que é hora de eu agradecer por seus préstimos, pois sei que sumirá tão rápido quanto apareceu e eu nunca mais o verei.

– Só mais duas considerações, Saladino – Adriel já se virava para fora da tenda, mas fez uma parada para proferir suas últimas palavras ao homem mais poderoso do Oriente próximo. – Sua irmã está nesse exato momento sendo conduzida à sua corte, no Egito...

O Sultão ficou pálido com a surpresa, pois já havia se conformado com a morte e o sumiço do corpo de sua irmã, Zafira, pois disso tinha várias testemunhas. Mas, principalmente, chocado com o fato daquele homem, aparentemente tão jovem, ser tão perspicaz, ter arquitetado um plano tão perfeito e o conduzido a esse momento, sem que fosse notado ou delatado por qualquer pessoa:

– Ela está viva? – O Sultão teve como resposta um sinal de confirmação da cabeça de Adriel, que foi devolvido com um sorriso e um pensamento claro em seu semblante: "Eu deveria saber que ele procederia assim...". – Você me surpreendeu novamente, L'Espoir. Seria lembrado como o homem mais ardiloso e, ao mesmo tempo, honrado, se assim o quisesse. Agradeço por ter minha querida irmã livre de um infortúnio desnecessário, sendo que arquitetou tão bem causa e efeito sem a necessidade de sua morte, de fato!

    Adriel se virou para o Sultão. Na verdade, qualquer outro poderia ter se ufanado por tal elogio e inflar o peito de orgulho, mas Adriel sentia certa vergonha por sua manipulação. Tinha se passado por amigo de Abdul, encenado uma tentativa de assassinato e, salvando-o, fez com que ele entrasse em débito de gratidão e lhe depositasse confiança, entregando fatos importantes sobre as táticas de Saladino, irmão de sua esposa. Adriel também tinha ligação com Chântillon e os Templários. Esse havia mandado que Adriel e sua guarnição atacassem uma caravana que iria, em peregrinação, à Meca. Chântillon lhe fez acreditar (se é que o próprio também não o acreditava) que o próprio Saladino estava ferido e, por isso, viajava na liteira, carregada por servos. Só que Adriel (que até então tinha recebido ordens "de cima" para matar Saladino) atacou ele mesmo a liteira. Percebendo o equívoco, colocou a princesa em custódia e usou sua suposta morte para forçar Saladino a atacar as forças do Ocidente com mais ferocidade.

    Adriel suspirou doído e falou ao monarca, que o olhava com admiração e pavor, mas não medo:

    – Muitas vidas inocentes pagaram por esse revés, então eu te peço... ao entrar em Jerusalém, poupe os inocentes e, diferente de muitos, a história o amará e será maior que os grandes.

    Deixando Saladino pensativo em suas almofadas, Adriel despistou a guarda real, os vigias e todo o exército sarraceno, para novamente ganhar o deserto. Sorrateiramente, como sempre.

As rainhas viúvas

Por Alexandre Félix

O cálice do rei Suderman caíra no chão rolando do trono até os pés de Romeu. Como copeiro do rei, ele logo tratou de apanhar a taça real e limpá-la com todo zelo. O rei desmaiara. Estava embriagado pelo vinho forte que havia tomado em demasia aquela noite. Romeu ainda se lembrava das palavras que ouviu quando o rei ainda aparentava estar um pouco sóbrio. Tremeu só de pensar se tais palavras eram devaneios do vinho ou se, pelo efeito que tal bebida causa, o rei não havia se excedido em revelar ao copeiro verdades que abalariam seu reinado. Mas uma certeza Romeu tinha: os reinos de Samalaryon seriam abalados se tal segredo chegasse ao conhecimento dos súditos dos reinos.

No dia seguinte, nas primeiras horas da manhã, o rei Suderman mandou chamar o copeiro aos seus aposentos. Romeu foi depressa. Pensou que o rei estivesse com alguma indisposição devido ao vinho da noite anterior. Mas não era isso. Os dois guardas que ficavam de prontidão abriram a porta do quarto do rei e o serviçal entrou. Antes que os guardas fechassem a porta do quarto real, o rei mandou esperar.

– Não há necessidade de fechar a porta. Eu acabo rápido com o meu copeiro – disse o rei, que estava em pé, demonstrando muita disposição, como se nada houvesse acontecido devido ao vinho forte que tomara em muitas proporções no dia anterior.

– Mandou me chamar, Majestade? – perguntou Romeu.
– Eu me lembro de que lhe contei um segredo que, que... jamais poderia ter revelado. Tendo em vista essa minha, digamos, indiscrição, não vou matá-lo, pois você sabe demais. Não farei isso, pois reconheço que tenho culpa em tudo isso. Mas preciso que você suma. Guardas! – o rei chamou seus dois guardas à porta. Então eles pegaram Romeu, o copeiro, e o levaram ao calabouço de Salamaryon, a prisão de onde ninguém mais sai, a não ser quando morre para ser logo enterrado.

Os reinos de Salamaryon, naquele mesmo instante em que o copeiro era preso, estava sendo atacado pelos inimigos, que chegaram nas regiões montanhosas que circulavam os reinos de Salamaryon. Dos quatro reinos existentes, apenas em um deles ainda havia um rei vivo. Pelo Código de Salamaryon, que foi escrito há mais de duzentos anos, quando um rei morre, não é o príncipe que ascende como rei, mas a esposa do rei. É a rainha que assume o reinado. Quando o último rei morrer, ou seja, quando o Rei Suderman fechar para sempre seus olhos, então as quatro rainhas viúvas realizam um grande Conselho para entre elas escolherem a rainha que vai comandar todos os reinos.

– Isso aqui vai se tornar uma terra de ninguém quando essas mulheres tiverem o comando – disse às gargalhadas o Rei Suderman, mas logo rangeu os dentes e ameaçou: – Se pensam que eu estou perto de morrer estão muito enganados. Muito enganados!

Os quatro reinos que formam o Condado de Salamaryon são geograficamente vizinhos, distando um do outro em média vinte quilômetros. Na verdade, era pra ser apenas um reino, mas como as terras nórdicas foram achadas ou, para alguns mais desaforados, elas foram invadidas, então, se levantaram famílias de posses querendo comandar o reino. Então, o sábio Lamael, que já morrera há trinta anos, foi o encarregado de traduzir para a língua retha os escritos do profeta Ryon, que profetizou o nascimento dos reinos de Salamaryon. Entre as prescrições, a mais importante é a que fala da sucessão de comando dos reinos. Pelo Código de Salamaryon, quando o último rei morrer, então as rainhas viúvas se reunirão no Grande Conselho para definir entre elas a Grande Rainha dos Reinos.

O Rei Suderman já casara pela segunda vez. A atual rainha, Margareth, é trinta anos mais jovem que ele. É a mais bela entre as rainhas. Mas também a mais ardilosa. De acordo com os súditos de seu reino, o Rei Suderman se tornou um homem sanguinário depois que se casou com Margareth. Um homem impiedoso. É dela, por exemplo, a ideia de que todo ladrão que for condenado tenha suas mãos cortadas. Outra ideia de punição de Margareth é a guilhotina, que não decepa a cabeça dos condenados, mas os parte ao meio, em praça pública.

O exército de Salamaryon voltou vitorioso da batalha contra o exército das caveiras selvagens, que são os povos bárbaros que historicamente reivindicam as terras dos reinos de Salamaryon como sendo de sua propriedade. Nesta última batalha mais de mil caveiras selvagens foram abatidas com tiros de canhões e cortados por espadas dos cavaleiros de Salamaryon.

Ao adentrar no grande salão, o exército vitorioso foi saudado pelo Rei Suderman e sua rainha Margareth. Estavam presentes também as outras três rainhas viúvas que enviaram partes de seus cavaleiros para a grande batalha. Na porta do grande salão estava Helena, a jovem vendedora de doces que aproveitava a aglomeração de súditos e de cavaleiros para vender um pouco mais os doces feitos por sua mãe, que é cega, e seu pai, que é o construtor de pontes de todos os reinos de Salamaryon.

Entre os cavaleiros do Rei Suderman está Belomão, o mais forte e o mais famoso dos cavaleiros. Sua fama corre o Mundo como aquele que conseguiu derrotar o último dragão que havia na terra. Belomão, antes de entrar no grande salão, passa pela vendedora de doces, entrega a ela algumas pratas e escolhe um doce.

— Suponho que a moça que vendes delícias tão doces seja mais doce que o doce que vendes — disse Belomão, com seu sorriso conquistador.

— Ah não, meu senhor. Suponho que a vida nem sempre nos deixa ser tão doces assim — disse Helena, meio tímida, sem olhar pra Belomão.

O famoso cavaleiro toca no queixo de Helena e levanta seu rosto, revelando o lindo rosto de Helena, uma jovem branca, de olhos azuis, cabelos longos com pontas encaracoladas e uma silhueta de princesa.

— Como você é bela! — disse Belomão. — Em todos os reinos não há moça mais bonita! — Continuou Belomão a elogiar Helena.

Nesse momento, Dinay, a fiel acompanhante da Rainha Margareth, passa e vê os elogios e o olhar de Belomão para a vendedora de doces. Ao que Dinay, sabendo do interesse da rainha pelo cavaleiro, a avisou dos galanteios que Belomão fez à vendedora de doces.

Belomão, acompanhado de outros oficiais do exército, entra no grande salão e é saudado pelos nobres dos reinos que estavam presentes ao momento da chegada do exército vitorioso. Belomão e os oficiais dispõem suas espadas ainda sujas de sangue diante do trono do Rei Suderman, oferecendo à majestade vitória alcançada.

Rainha Margareth olha pra Belomão ressentida de que seu amante tivesse se interessado por uma pobre vendedora de doces, quando tinha somente pra ele o coração da mais festejada rainha dos reinos de Salamaryon.

Mais tarde, na alta madrugada, como sempre, a Rainha Margareth, vestida de cima a baixo com uma capa escura, bate na porta do quarto de Belomão. Ao sinal combinado por eles, de quatro batidas rápidas, Belomão abre a porta e puxa a rainha beijando-a loucamente. E ali os dois se amam.

A aurora já começa a romper no horizonte e a rainha ainda estava na cama de Belomão, que dormia. Rainha Margareth pega

um cálice de água e joga no rosto do grande cavaleiro, acordando-o assustado.
– Que foi isso, Margareth?
– Como se atreve? Eu sou sua rainha. Me chame de Rainha Margareth!
– Ora, ora... mas o que foi que eu fiz? – perguntou Belomão.
– Eu já te disse que não divido você com nenhuma mulher! Você é meu! Entendeu, Belomão? – disse a rainha segurando com força o queixo de seu amante, que logo se levantou, nu e irritado:
– Eu não sei do que está me acusando, Vossa Majestade! Mas se tem uma coisa que eu não sou é propriedade sua! Se não estiver satisfeita, me mande embora!

Com essa explícita ameaça de perder Belomão, a rainha muda o ânimo autoritário e se lança ao pescoço do cavaleiro beijando seu rosto, sua cabeça e seu rosto todo. Ele tenta se desvencilhar.
– Perdão, perdão, meu amor! Não foi isso que eu quis dizer! É que me assusta... me assusta pensar que não tenho você só pra mim! Eu te amo! Eu te amo, Belomão!

Belomão segura a rainha pelos braços, impedindo-a de continuar beijando-o. E pede pra ela ir embora. Ela reluta. Pede perdão novamente. Faz novo juramento de amor, mas nada adianta. Belomão pede pra rainha sair do seu quarto e alega para isso que eles precisam ter cuidado, pois o dia está quase amanhecendo. Ela entende que estão correndo perigo e decide ir embora, mas ficou claro pra ela que o perigo que está correndo mesmo é o de perder o seu amante.

Depois que a rainha sai do quarto, Belomão deita em sua cama. Se enrola todo antes de apagar a vela, pensa na vendedora de doces. Se enternece com o olhar daquela bela jovem e com a delicadeza de suas mãos ao lhe entregar o doce que ele comprou ao chegar da batalha contra o exército das caveiras. Os pensamentos de Belomão já não eram exclusivos da rainha, pois foram invadidos pela jovem Helena. Ali, na porta do castelo do grande salão, ele descobrira que ela vendia doces, mas não fora a primeira vez que havia visto Helena. A moça passou a penetrar seus pensamentos e sonhos desde o dia em que ele cavalgava pelo bosque e encontrou Helena no poço a tirar água para levar até sua casa. Belomão pediu um pouco de água pra matar a sede de seu cavalo e Helena, com a gentileza e a sutileza de uma verdadeira dama, deu água tanto ao cavalo como ao belo e forte cavaleiro que também passara a invadir os sonhos da pobre vendedora de doces.

O dia amanheceu com todos os súditos em frente ao grande salão do castelo. O exército posto em fileiras. Rei Suderman e Rainha Margareth na tribuna esperavam os dez soldados do exército das caveiras serem trazidos. Cada um foi colocado deitado sob uma guilhotina. Rei Suderman fez um sinal e todos os condenados foram cortados ao meio. Houve horror na multidão, mas também houve quem aplaudisse, como a Rainha Margareth. Nesse momento, Belomão, que estava ali próximo, viu a rainha sorrindo diante de mortes tão trágicas, e saiu reprovando mentalmente a conduta dela. Ali certificou-se de que não mais queria ser amante daquele tipo de mulher.

No dia seguinte, o Rei Suderman foi tomado de medo pela notícia totalmente inesperada naquela manhã chuvosa. O mensageiro do sacerdote da Catedral de Salamaryon trouxe a notícia de que os escritos do profeta Ryon foram encontrados nas terras baixas da longínqua Sonharalto. Os escritos intactos estavam dentro de uma caixa de ferro enterrada próximo à caverna de Andragyos. Quando leu a notícia, o Rei Suderman não resistiu e morreu, pois ele bem sabia que seu trono estaria ameaçado com a descoberta dos manuscritos sagrados, segredo esse que ele cuidava pra que jamais fosse descoberto.

A notícia da morte do rei pegou os súditos de surpresa. Ele era odiado por muitos, mas também era amado. Ultimamente o que o tornava mais impopular eram os conselhos que a rainha dava sobre a forma de castigar os condenados. Essa sede sanguinária fazia Belomão cada vez mais rejeitar a rainha, que agora estava viúva.

As quatro rainhas viúvas se reuniram, então, no dia do grande conselho. Uma delas seria a Grande Rainha. Margareth tinha sede incontrolável de ser essa rainha. No momento da votação, adentra o grande salão o sacerdote da Catedral de Salamaryon trazendo os manuscritos sagrados. O profeta revelou que o sábio Lameu errou ao traduzir os escritos da profecia.

— A verdade é que, quando o último rei morresse, não seria escolhida uma rainha entre as rainhas viúvas, mas a Grande Rainha sairia do meio do povo. E ela tem a marca da lua minguante na mão direita – revelou o sacerdote, levando a multidão presente a um grande espanto. Margareth rangeu os dentes. As outras três rainhas viúvas sorriam aliviadas de não assumirem tal encargo. E continuou o sacerdote:

— Todos sabemos que a única pessoa em nosso meio que tem a lua minguante na mão direita é a vendedora de doces, Helena – e apontando para Helena no meio da multidão, sentenciou:

— Eis entre vós a Grande Rainha dos reinos de Salamaryon: a jovem Helena!

Helena foi aclamada e ali mesmo todos se prostraram diante dela, que estava atônita. Belomão se ajoelhou diante dela e a saudou:

— Minha rainha! – beijou sua mão e a encaminhou ao trono.

A ruína de Úlfr

Por R. P. Wolf

Por Odin! Úlfr brandia seus machados, atingindo pernas, braços, costas e cabeças. Ambas as armas haviam causado tanto estrago que ele tinha perdido a conta de quantos haviam tombado sob seu ataque. "Mais de doze", diz com um sorriso no rosto.

Enquanto urrava e investia contra seus inimigos, estes não conseguiam esboçar uma reação. Os olhos esgazeados mostravam aquilo que ele queria ver, afinal, *"um inimigo em pânico é um inimigo a menos"*. As lâminas de suas armas cravavam e quebravam, as expressões desapareciam e ele partia para outro sem pensar.

Não havia diminuído o ritmo de matança até sentir uma sensação de dormência. Olha para baixo e vê uma lança brotando em seu peito. *"Finalmente"*, sussurra sorrindo. Ergue os olhos, mas ninguém estava ali. O sorriso se esvai.

Milhares de pequenas agulhas congelantes percorrem o seu corpo, despertando-o. A claridade o faz levar as mãos aos olhos, e um simples vislumbre revela o branco nevado. Suas roupas já endurecem e seu corpo já começava a tremer e formigar. Nada era mais angustiante que abrir os olhos na manhã seguinte.

– Acorde, vagabundo. Não quero você aqui perto de minha casa. Pessoas como você fedem e trazem azar.

– Já estou partindo.

– Andou sonhando de novo? Há! Seu sorriso ridículo antes de acordar não me engana. O que sonhou desta vez? Que tinha conseguido sua fazenda de volta? Ou que ela havia voltado pra você? Ou os dois?

– Nada.

– Há! Sonhou que estava com ela na cama? Quem sabe esse novo deus cristão que dizem por aí não lhe dê uma nova chance? Há!

Úlfr ergue os olhos. Não somente seu tamanho era intimidador, mas Gunnvör era também o Jarl, o líder. Além do status, devia-lhe respeito pela pena branda concebida a ele um ano antes. Jarl Gunnvör havia convencido o povo a "apenas" destituir Úlfr de tudo que possuía e viver em miséria, em vez da morte. Olha para o chão, apagando a pequena brasa que havia fagulhado em seu peito, e sai perambulando.

Era a tarde, e Úlfr mastiga alguns pedaços de carne velha, quando ouve um tumulto perto da casa do Jarl. Ao se aproximar, vê as cores dos daneses na carroça. Dois deles estão em pé, gritando e gesticulando com a multidão.

– Povo de Kaupang! Estamos vindo de Uppåkra recrutando exploradores para uma grande incursão para daqui há alguns meses!

– Vamos conquistar uma grande cidade conhecida como Paris! Histórias nos chegaram dizendo que rios de ouro brotam daquela cidade! Pedras brilhantes são cravadas em suas paredes! Grandes riquezas nos esperam por lá!

– Eu vou.

Olhos arregalados encaram Úlfr. Enquanto todos se silenciam, Gunnvör quebra o silêncio e começa a rir.

– Há! Vocês não vão querer este verme. Ele não é capaz de levantar uma arma. Já perdeu tudo que tinha e agora quer destruir toda a incursão. Eu, Jarl Gunnvör e meus melhores guerreiros iremos!

– Você não parece grande coisa, rapaz – diz um dos homens se voltando para Úlfr. Por que deveríamos levá-lo?

– Porque meu nome é Úlfr Odinson.

Outro homem encapuzado que estava sentado até então se levanta na carroça, o encara firmemente, sorri e diz:

– Ele vai.

Apenas dos protestos de Gunnvör, os dias foram tranquilos durante a viagem. Em uma determinada noite, enquanto Úlfr lambia os dedos com sabor de peixe assado e bebia hidromel, sente uma presença ao seu lado. Reconhece-o como aquele que o deixou entrar na incursão. Na medida que sorve a última gota da caneca e o frio escandinavo parece se dissipar, uivos ecoam em meio as árvores.

– Será que Odin está caçando esta noite? – indaga o homem.

– Hum. Minha mãe costumava dizer que Geri e Freki caçam juntos de Odin, se é o que está insinuando. Deve haver alguma celebração especial esta noite.

Faz-se um silêncio, e outro uivo atinge o ouvido de Úlfr.

– Por que me deixou entrar na incursão?

– Ainda não sei. Mas acho que vou descobrir.

Úlfr não ouve mais nada. Não há conversas ao fundo, risadas ou mesmo o vento entre as folhas. Num arbusto, um barulho de galho se partindo chama sua atenção. Dois olhos penetrantes se revelam, as presas à mostra. Quase não há tempo para levantar.

A investida é extremamente rápida. Úlfr levanta-se num gesto de puro reflexo, mas o lobo é muito mais ágil. Em um cair de folhas, a besta já está pulando com os caninos à mostra, mirando a garganta de Úlfr, que usa o braço para se defender. Ele tateia por algo para usar como arma, em vão: está de mãos nuas contra uma fera. Mesmo com as roupas de inverno, o grande animal esmaga e perfura sua carne, e uma onda de calor começa a escorrer por dentro das vestes. Ele cai. O ataque é brutal, e o lupino morde e solta várias vezes, perfurando seu antebraço. A dor é gritante, sua força começa a se esvair e o sentimento de incapacidade começa a crescer.

– LUTE POR SUA VIDA, ODINSON!

Ao ouvir o apelo, Úlfr não pensa em mais nada. O silêncio toma conta do ambiente mais uma vez. Um calor toma conta de seu interior, e a dor das mordidas começam a adormecer. Não há mais nada. Toda aquela confusão desaparece. Ele ouve melhor. Os olhos do homem e da fera se juntam em um só, e a correnteza irrompe em seu âmago. Uma fúria incapaz de ser contida é liberada, e ele não sente o menor desespero. Pelo contrário. Sente o prazer invadindo seu corpo, uma adrenalina que há muito não sentia. Ele agarra o pescoço do lobo e começa a esmagá-lo com as próprias mãos, enquanto este ainda destroça seu outro braço. Ele se levanta e, com um grito assombroso, esmaga a garganta da fera, que cai em batalha.

Ouve os passos vindo em sua direção, e o homem se aproxima com os dentes a mostra e um sorriso no rosto.

– E assim você nasce de novo para contemplar seu sangue, Odinson. Há muito tempo, Ragnar Lodbrok não via um *Ulfhethnar* em ação. E agora ele terá um na empreitada à Paris. E é essa a minha resposta.

⚜

Sentado na margem do rio Sena, Úlfr agora contempla a água tornando-se vermelha. A batalha foi rápida e, para sua infelicidade, o exército inimigo não tinha sido um desafio tão grande. Seus dois machados brilhavam em tons escarlates, e as *walknuts* grafadas em cada lâmina quase não podiam ser vistas.

As pilhagens estavam começando, e os soldados inimigos estavam sendo enforcados em sacrifício a Odin. Ele sai caminhando pelo local, mergulhado em seus pensamentos. Entre as aves que avista, dois corvos chamam a sua atenção por estarem um pouco mais longe, o que o afasta do local.

Quando dá por si, não sabe onde está, e olhando ao redor vê apenas o que parecem ser plantações. Ouve então alguns gritos vindo de uma casa ali por perto.

Assim que coloca os pés dentro do primeiro aposento, Úlfr avista vários de seus companheiros e Gunnvör segurando uma garota de vestido azul pelos cabelos. Observa os outros membros da família jazendo ao chão.

– Venha, Úlfr! Já podemos pegar nossos primeiros tesouros! Eu deixo você ser o último! Há!

O olhar da garota era a única coisa que ele prestava atenção naquele momento. O olhar entrou-lhe a alma.

– Deixe-a. Há tesouros melhores lá dentro da cidade.

– Acho que o tempo sem mulher já fez ele se esquecer o quanto elas são macias, rapazes! Há! Deixe de ser afeminado, verme! Eu venci a batalha, eu a vi primeiro e a reclamo! Ou quer conversar com nosso líder sobre isso?

– E a necessidade de mostrar o quanto é poderoso é tamanha que qualquer corpinho frágil é o suficiente para lhe fazer um grande conquistador, grande Jarl Gunnvör?

Todos se emudecem. Gunnvör encara Úlfr e solta os cabelos da jovem.

– Como você é frouxo, Úlfr. Eu sabia que você era assim, sempre soube. Eu sabia que Ylva deveria ter sido minha, e não sua.

A mera menção daquele nome destroça todas as suas defesas. O nome de seu amor e sua culpa, sua felicidade e angústia, sua paz e dor. Gunnvör prossegue, andando de um lado a outro.

– Mesmo com seu sangue, você não a merecia. Um *Ulfhethnar*! Um Odinson! Há! Me poupe! Que os deuses se danem, ela tinha que ser minha! Eles deveriam ter dado ela para mim! E você a matou!

Não havia um dia no qual deixava de rever a monstruosa cena. Os olhos se abrindo, as dores no corpo, a visão nebulosa, o dia cinzento. O canto dos pássaros o despertando. O peso sobre seu braço esquerdo, e os conhecidos longos cabelos prateados maculados de vermelho. Em sua outra mão, uma faca com a runa *wunjo* invertida em seu cabo. E foi assim que Úlfr Odinson olhou pela última vez Ylva Aradóttir, mulher e guerreira. A ruína e tormento de Úlfr.

Ele se ajoelha, em prantos.

– Eu devo ter saído do controle! Me perdoe, Ylva! Por favor, eu imploro! Me perdoe!

As palavras continuam, quase inaudíveis. A dor parece explodir seu peito.

– Eu errei em meu julgamento, um ano atrás – diz Gunnvör. Eu deveria ter poupado todos nós de ver seu rosto imundo durante todo esse tempo. Mas vou arrumar isso! Eu vou tirar essa sua vida miserável agora!

Aproximando-se, retira sua faca da bainha e toca com a ponta a garganta de Úlfr, que mantém os olhos fechados. Queria viajar até Hel com o rosto de sua amada em sua mente.

"Abra". Um sussurro em seu inconsciente, uma pequena sugestão, que o faz abrir os olhos e focar o cabo do punhal.

– Eu... eu reconheço esta runa.

– O quê?

– A faca que estava em minha mão quando eu acordei naquele dia, ela tinha uma *wunjo* invertida.

Ele segura a mão do homem.

Em um esgar que misturava perplexidade e malícia, Gunnvör comanda.

– Matem-no.

De repente, como se uma nuvem persistente saísse de sua cabeça, ele entende. Um arrepio percorre os pelos de seu corpo. O peso da dor, da perda, da tristeza. A angústia, o terror, a loucura e a culpa abissais juntam-se a uma cólera incomensurável. Ele não consegue se controlar. Ele não quer.

Com um grito pavoroso, carregado de toda dor e sofrimento, Úlfr toma a iniciativa, seus machados pulando de sua cintura. Eles são extensões de sua agonia. Ele avança sobre os homens paralisados, abrindo três deles com poucos movimentos. Outro guerreiro consegue defender seu o primeiro machado, mas o segundo invade o elmo, os olhos se esvaem. O ataque é frenético. Sente um golpe em suas costas, gira e crava seu machado esquerdo no ombro do atacante, separando-o do corpo. Seus machados dançam, desmembrando os poucos guerreiros que ousam se aproximar pelos lados. Recebe um corte na parte de trás da perna, e seu machado instintivamente voa para trás, penetrando em carne macia. Há cólera em seus olhos. Seus rugidos agridem os ouvidos inimigos. Seus ataques crescem em força e velocidade, e os outros correm para sair da casa ao mesmo tempo, gritando por ajuda. E a casa torna-se um abatedouro.

Quando o ultimo cai, ele olha para trás, onde Gunnvör está parado. Ele vê apenas um monstro saído das lendas nórdicas. E ali tem início uma batalha animalesca, na qual a força de Gunnvör o ajuda a equilibrar o ímpeto e fúria descomunais de Úlfr. Golpe após golpe, ele castiga o braço do escudo do Jarl, buscando espaços abertos. A cada grito, a lembrança de Ylva morta em seus braços lampeja em sua mente, e em um momento em que os olhos se encontraram, Úlfr realiza uma finta e crava o machado em seu joelho. Ele cai, urrando de dor.

– Me fale.

– Há! Antes de você conseguir me fazer falar...

Um machado desce. Uma mão é decepada.

– ARGH! Desgraçado! Verme!

Outro golpe é desferido no cotovelo. O antebraço é separado.

– ARGH! PARE! Pare! Eu falo! Coloquei uma quantidade enorme de alucinógenos na sua comida. Era para você entrar em frenesi e matá-la, mas você percebeu e se acorrentou! Aí vi que você não faria o trabalho sujo, então eu tive que entrar na casa e fazer o que você não teve coragem!

Foi então que a culpa, sua amiga de tantos anos, foi embora. Ele se levantou e, num golpe, acabou com o monstro ali mesmo.

Foi quando sentiu um adormecimento e olhou para baixo, e a ponta de uma lança perfurava seu peito.

Ele se vira, e a jovem de vestido azul estava lá, com lágrimas e terror em seus olhos.

Ele cai. Olha para o lado e contempla um senhor com um tapa-olho e dois corvos caminhando em sua direção. Sorri.

"Agora eu sei que vou encontrá-la em Valhala, meu amor".

A criada desacreditada

Por Éricson Fabrício

As avenidas da antiga "Lutécia", que agora era chamada de Paris, sofreram várias modificações ao longo dos anos. Em 1314, nada do que se via no centro comercial lembrava o seu passado. Para não dizer que faltamos com a verdade, via-se aqui e ali algumas esculturas antigas, fontes de água, que decoravam as praças de destaque que eram típicas de um povo que literalmente já sumira do mapa; fora isso, tudo era mudança.

Porém, há coisas que nunca mudam...

Uma donzela de pouca idade, seios fartos, pele rosada e possuidora de uma cabeleira ruiva andava pelas ruas em busca de algum mercador que lhe vendesse leite de alta qualidade. Era ela a criada de uma família abastada e seu senhor requintado não apreciava qualquer leite. Dizia ele ser prioridade alimentar-se de uma comida e de uma bebida de boa qualidade. Ela dava de ombros diante de tais normas, pois não acreditava em muita coisa. A criada era desacreditada de quase tudo. Ouvia lendas e contos sobre santos católicos; via de longe os vitrais da gloriosa Notre-Dame, porém, uma frieza residia dentro dela. Era similar às pedras que erguiam a famosa catedral. Distraída em seus pensamentos, que também eram desacreditados por esta sua parte íntima que costumava tudo lhe negar e lhes ensinava em tudo desacreditar, topou em uma tora de madeira que havia no meio do mercado em que estava a realizar a busca do leite essencial ao seu senhor. Os criados desta época pouco falavam, muito ouviam, muito viam e muito sabiam. Assim deveriam ser todos os criados, ela pensava. Ela sentia dentro de si que a parte da sabedoria não era verdadeira, já que nutria uma imensa vontade de ler. Mas ela sabia contar. E conseguiu reter rapidamente as moedas que foram ao chão. O Monsieur Lait Chaud, lhe auxiliou na tarefa de se erguer do solo, porém, a contagem das moedas, não ousou em fazer por ela.

– Quantos litros hoje? – indagou o velhinho.
– Três litros, como sempre – respondeu ela.
– Oh, sim! claro! Vejamos... de cabra ou de vaca?
– Meu senhor, qual o melhor?
– O de cabra, como bem sabe.
– Possuo três moedas.
– É o suficiente! Dê-me seu vasilhame...

A garota lhe deu a peça de cobre que cintilava o forte brilho do sol da Cidade Luz e observou as mãos do Monsieur Lait Chaud. Eram muito limpas, diferentes das mãos dos outros comerciantes. Observava ela que as unhas de outros comerciantes possuíam uma sujeira acumulada de uma semana. Ela não sabia quantos dias exatos era uma semana, pois as vezes não compreendia se o primeiro dia era segunda ou domingo. Não ligava muito para isso também. Permanecia como sempre: desacreditada, fria, ouvindo muito, falando pouco, observando muito...

– Obrigada, monsieur!
– Eu agradeço, petite fille! – uma expressão que utilizava para as donzelas por quem nutria um sentimento paternal. – Volte mais vezes.

E, ao cumprimentar o velho senhor, a criada ia a passos largos e apressados para a casa onde prestava serviços. Embora não acreditasse em muita coisa, ela compreendia que tarefas deveriam ser cumpridas quando lhes eram dadas. Isto ela sabia fazer.

Ao atravessar uma avenida que era paralela à catedral que sempre avistava, como de costume, enxergou uma enorme quantia de gente. Deduziu que deveria ser algo importante, pois algumas bandeiras com cruzes vermelhas estavam erguidas e pessoas de todas as posições sociais podiam ser identificadas por suas vestes – ela era hábil em separar cada posição social com seu olhar clínico. Os sapatos, as malhas, as cores, eram representações do poder financeiro; como sabemos, algumas coisas nunca mudam. Ela também sabia disso; aprendeu observando, pouco falando, ouvindo muito...

Aproximou-se para ver o que ocorria, ainda que soubesse que deveria se apressar; mas uma força maior, talvez típica das criadas que eram curiosas, fez com que ela se emaranhasse entre as pessoas.

– Bruxo! Herege! Velho perigoso! Morra! – um nobre gritava, ao lado de um sacerdote da Igreja, provavelmente com um cargo não tão importante, pensou a criada.

– Este homem é um santo. Os dois são homens santos. Não devem ser mortos! Parem... é injusto! – a criada reconheceu este.

Em tempos anteriores, havia flertado sem sucesso com o seu filho. Alegou ele que iria para uma Cruzada, ela pensou que podia estar confusa quanto ao nome. Sim, é isto, ele alegou ter o dever e a honra de ter sido convidado para uma Cruzada, uma guerra santa. Mas a criada não acreditava em santos. Nem tampouco que uma guerra, onde havia morte e sangue, poderia ser santa.

Por fim, identificou serem cruzados os dois homens. Ela deduziu rapidamente, já que muito observava, que seu antigo flerte se vestia de maneira similar a estes dois senhores que estavam amarrados em várias pilhas de madeira. Compreendeu de imediato que se tratava de uma execução. Ela queria entender o porquê.

– Tiago... Tiago... ore a Deus. Perdoe-os! – gritava um rapazote aos prantos, que talvez fosse uma espécie de pupilo de um dos condenados, ou algo assim. Alguns guardas esmurraram o garoto, assim como fizeram com outras pessoas que demonstraram sentimentos para com os dois homens amarrados.

Uma espécie de alto funcionário apareceu com um rolo de pergaminho de cor clara, anunciando por meio de um som de instrumento que a criada acreditou, sem certeza, no entanto, ser uma corneta.

– ... por fim, a sentença é a morte! – terminou a leitura.

Pelo que ouviu, a criada compreendeu que os senhores eram bruxos, hereges. Mas, também, pelos gritos do povo, compreendia que era algo injusto. Ouviu alguns lamentos de outros nobres que a condenação era injusta. Ousou perguntar a um fidalgo por que os nobres não podiam fazer nada. Triste ação da criada. Tocou o nobre sem notar. O fidalgo retirou rapidamente uma luva de couro que estava a cobrir sua mão e a desceu até a face da criada, que caiu ao chão. O leite no vasilhame derramou, uniu-se ao chão com um fio de sangue que escorreu de sua boca.

– Afrontosa! – bradou o fidalgo. – Não se fazem mais criados como antigamente... nunca toque em um nobre! – saiu com um ar desdenhoso.

A pobre criada lamentou a atitude, ao passo que um imenso ódio lhe nutria o peito, pois tinha vontade de revidar, porém isso não lhe seria possível. Avistou um sacerdote próximo aos dois condenados. Junto destes o rei, que ela sabia ser Felipe, o Belo, junto de outro que ela desconhecia. Sabia que todos eram nobres. Ouviu de longe o senhor mais idoso, que sinalizava o efeito do calor da enorme fogueira consumindo-. Ele parecia bradar algo:

– *Nekan, Adonai! Chol-begoal! Nekan, Adonai! Chol-begoal! Nekan, Adonai! Chol-begoal!*
Sua curiosidade era tamanha, mas ela não sabia o que isto queria dizer. Saiu as pressas da concentração de pessoas; retornou rapidamente até a venda do monsieur Lait Chaud; contou-lhe o que havia ocorrido. O velhote, que aparentava nutrir sentimentos paternais, propôs a ela um acordo carnal, ainda que fosse momentâneo, em troca do leite que ela deveria levar ao seu senhor sem nenhum custo. Foi triste o dia do cumprimento deste acordo; no entanto, a criada não possuía nenhuma moeda. E sabia, em seu íntimo, que o seu senhor, por mais gentil que fosse, não agiria muito diferente do fidalgo que lhe causou um machucado que lhe doeu durante uma semana. Ela não tinha certeza se durou uma semana; confundia às vezes: *era domingo ou segunda o primeiro dia?*
A criada retornou ao seu quarto quando terminou seus afazeres gerais.
Dias se passaram e os comentários surgiam aos montes nas ruas:
A ordem dos templários chegou ao fim... o último grão-mestre foi morto... a maldição foi lançada...
Ela escutava tudo isto em meio ao caminho que tomava quase todo dia para comprar o leite de seu senhor. A vida era uma rotina que não possuía um fato tão marcante quanto este que presenciou. Ela não gostava de lembrar do machucado. Certa vez, num domingo, sentiu vontade de ir à catedral. Um nobre sacerdote a atendeu. A catedral estava vazia, ela com o vasilhame de cobre nas mãos. Ele a atendeu, perguntou se podia ajudar. Ela precisava falar. Perguntou nervosamente ao sacerdote o que significavam as palavras pronunciadas pelo senhor mais velho que havia sido queimado.
– As palavras do velho Jacques Demolay? "*Nekan, Adonai! Chol-begoal!*"? – Os olhos da criada reluziram.

– Sim! Isto mesmo!

– Minha filha, é uma antiga maldição, pronunciada por um pequeno grupo da Antiga Lutécia. Aqui mesmo. Antes de Paris ser Paris, alguns habitantes eram achegados dos celtas, dos judeus... muitos povos, muitas misturas. O velho Demolay deveria estar confuso pelo medo e pronunciou as palavras.

– Mas a quem ele rogou a maldição?

– Ao Papa, ao nosso Rei Filipe e ao nobre Cavaleiro Guilherme de Nogaret.

– Ele certamente deveria estar louco. Maldições não existem. E elas precisariam funcionar para que eu acreditasse – deu de ombros e saiu, enquanto o sacerdote ria dela e de sua inocência juvenil.

A antiga maldição possuía um prazo para surtir efeito. Assim era com todas as maldições da época em que a criada vivia.

Ela pouco acreditava, muito ouvia, muito via e pouco falava.

Mas ela aprendeu a acreditar.

Cada vez que conversava sobre maldições, alguém lhe acrescia outras versões e ela se encantava. O que a levou crer ainda sendo desacreditada, foi simplesmente o fato de que em menos de um ano, os três referidos, listados pela boca do sacerdote: o rei, o papa e o cavaleiro... estavam mortos! E a criada se punha a bradar quando estava a sós, pensando no fidalgo que lhe provocara um dolorido machucado:

– *Nekan, Adonai! Chol-begoal!* – dizia ela com força, pois agora sabia que isto siginificava: *Vingança, Senhor! Abominação a todos!*

Dentro de seu íntimo, ela não precisava ver o fidalgo definhar, pois sabia que a maldição possuía um prazo. Compreendia que em menos de um ano ele poderia aparecer magicamente morto. Ela, que antes pouco falava, muito ouvia, muito via, muito sabia, agora, simplesmente, acreditava.

Assassino em Zul

Por Haramiz

O assassino corria desesperado. Afastava-se cada vez mais das luzes das tavernas e estalagens e adentrava as vielas escuras e estreitas da cidadela. Aos tropeços, conseguia se afastar dos perseguidores que vinham em seu encalço.

Não sabia quem eram: não eram soldados; talvez milicianos. Mas corriam com voracidade e determinação. Assassinar um magistrado em plena taverna fora um atrevimento, mas esse fora o acordo. O serviço estava feito e agora só lhe restava correr por sua vida.

E ele corria, derrubava pessoas, caixas, e tudo que estava em seu caminho. Precisava continuar, não importava o que o atrapalhasse: os perseguidores se aproximavam a cada tropeço.

Subia as ruas estreitas e escuras e se aproximava da quadra militar. Isso não era bom, soldados poderiam lhe ver e abordá-lo – precisava mudar de direção. Virou na primeira viela à esquerda, em direção à arena. "Esse caminho", pensou, "esse caminho irá direto às quadras dos moradores. Nunca mais me encontrarão. Basta entrar em alguma casa e me esconder. Não me encontrarão."

Pelas ruas escuras e estreitas, passava por pessoas e gritava: "Saiam da frente! Saiam da frente!". Cada vez mais perto de sua salvação. Passou pela arena e viu as quadras dos moradores adiante. Lá estava! Bastava alcançar as próximas quadras e poderia entrar em qualquer casa para se esconder. Bastava...

Em um tropeço seu corpo foi jogado ao chão com força, batendo com o rosto na areia sem tempo de por suas mãos para se proteger. Os perseguidores o haviam alcançado e derrubado. Um dos homens o segurou e o ergueu do chão. Ainda tonto, sacudiu a cabeça para tentar voltar à consciência e entender o que acontecia. "Quem são vocês?" perguntou se desvencilhando do homem que o erguera.

– Nós vimos tudo, e você está condenado à morte pelo que fez! – disse o jovem que provavelmente fora o responsável por sua queda.

– Não estou condenado a nada – disse o assassino empurrando o homem ao seu lado para cima do jovem. Antes que os perseguidores pudessem agir, ele já estava correndo novamente.

Com a confusão que gerou, ganhou alguns passos de vantagem, e isso lhe bastava. Maquinou em sua cabeça uma saída. Virou na primeira viela à direita e sacou sua espada. Os perseguidores vinham atrás. Esperou que eles se aproximassem e, com um golpe forte, jogou um deles no chão. O assassino se engajou em um combate voraz no chão com outro dos perseguidores.

Ambos rolaram trocando socos. Ele empunhava sua espada com a lâmina para fora de seu punho e soqueava o rosto do perseguidor com muita ferocidade. O rapaz não conseguia reagir à quantidade de golpes. O outro homem veio em seu auxílio e chutou o assassino nas costelas. Ele soltou um gritou lupino com o golpe, mas continuava montado no jovem. Outro chute no mesmo lugar e então ele cedeu.

Levantou-se e pôs o braço esquerdo para proteger a costela machucada. Olhou firme para o outro homem e estreitou os olhos. O oponente não empunhava armas. Seria um combate rápido. Recompôs-se e partiu para cima de seu adversário. Chutou-

-lhe a perna apenas para distraí-lo e com sua espada rasgou-lhe a garganta em um golpe rápido. O homem cambaleou e pôs as mãos na garganta para tentar conter o jorro de sangue. Rápido a vida lhe esvaía quando outro golpe o acertou. Desta vez em seu abdome. O assassino segurou a lâmina ali – agora quente com o sangue das entranhas de seu perseguidor – e então o olhou friamente, assistindo-lhe respirar cada vez com mais dificuldade.

Removeu a espada e o deixou cair inerte como um saco de azeitonas. Limpou o sangue em suas calças e olhou para o jovem que ainda estava no chão com o rosto ensanguentado. Em uma voz zombeteira perguntou: "Eu estava condenado a quê, exatamente?".

O jovem tentou se levantar, mas a dor era insuportável. Sua consciência havia retornado, porém a imagem do assassino à sua frente parecia balançar como em um barco em alto mar.

– Responda, rapaz! Onde estão os outros? – perguntou.

Ele tentou balbuciar uma palavra em resposta, mas o som não saiu. O rosto, inchado e ensanguentado dos socos, doía demais. O assassino perdeu a paciência e com um golpe rápido lhe cortou a garganta. Agora precisava encontrar os demais perseguidores. Havia contado e eram seis. Se fossem milicianos estaria mais do que condenado à morte. Pôs-se a correr: mais uma vez buscando uma casa para lhe servir de esconderijo.

Adentrou as vielas das quadras dos moradores. Corria com toda a velocidade que suas pernas permitiam: pulava obstáculos e desviava de pessoas que caminhavam pelas ruas. Derrubava caixas, roupas, barris e tudo mais que estava em seu caminho. Não podia parar: precisava encontrar um esconderijo.

Foi quando sentiu um calor em suas costas, uma dor como a de uma ferroada. Tentou ignorar, mas a dor aumentava a cada passada. Sentiu as costas esquentando e ardendo. Sentiu o suor frio lhe tomar o corpo. O coração acelerado. Uma câimbra tomou conta de seu braço e o fez perder o equilíbrio. Então outra ferroada. Desta vez mais abaixo, próxima à sua cintura. A dor se espalhou pelas pernas e tomou conta de seus pensamentos. Não queria parar. Sabia que seria morto. Tentou ignorar mais essa dor, mas era impossível sustentá-las.

Seus passos se tornaram cada vez mais lentos, mas insistia em continuar. Os ferimentos ardiam e a dor se espalhava pelo corpo inteiro. Sabia que se parasse seria morto ali mesmo, sem misericórdia. Continuou cambaleando. Começou a ficar tonto e se apoiava nas pessoas que passavam para não perder o passo.

Porém, outra ferroada o fez cair. Desta vez em sua perna direita. Com um grito fantasmagórico, tentou expulsar a dor. O virote entrou em sua coxa e retesou sua perna, que não respondia à sua vontade. Caiu sobre um dos joelhos e tentou rastejar, sabia que fora pego e não havia mais escapatória. Havia sido derrotado por virotes covardes disparados pelas costas.

Olhou para trás e viu a silhueta dos quatro homens que vinham em sua direção. Dois deles sustentavam balestras. A tontura aumentou e viu que estava perdendo muito sangue. Seu corpo estava quente e dolorido. Começou a ofegar e se esforçar para respirar. Estava morrendo.

Um dos homens se aproximou e chutou a espada de sua mão, desarmando-o. Abaixou-se e o segurou pelos cabelos. O assassino não tinha reação, estava muito ferido e já desistira de fugir. Não podia mais lutar por sua vida. Com uma voz firme e calma, o jovem que lhe segurava pelos cabelos falou: "Sua fuga acaba aqui".

O assassino não teve reação, apenas sentiu a espada do jovem em seu ombro na altura do pescoço ser cravada em direção a seu peito. Seu corpo se retesou em um espasmo horripilante e indolor. Sentiu sua alma ser extraída, e seu corpo ser vítima de sua obra. Fora executado ali mesmo. Morto pelo crime que cometeu contra a República.

O cavaleiro celta

Por Antonio Pacheco

Preso às correntes fixadas às paredes de pedra do escuro e úmido calabouço do Castelo de Hard Heart, Trahern Ferghus pensou várias vezes que a morte viria libertá-lo a qualquer momento. A esperança de escapar com vida daquela masmorra e das torturas que vinha sofrendo já havia devanecido há tanto tempo que ele já nem se lembrava. Há muito que só a vontade de morrer rapidamente dominava cada um de seus músculos a cada lampejo de pensamento claro que tinha. Também perdera a noção do tempo.

Sabia que havia sido aprisionado no início do verão. Mas, nestas alturas, não tinha mais certeza sobre a época do ano e menos ainda se era dia ou noite fora daquele inferno. Não tinha consciência disso, mas, o fato de rememorar em um looping regular os fatos que o meteram naquele inferno era o que vinha mantendo-o vivo, pois lhe inflamava a alma e o coração com o ódio e o desejo de vingança contra o traidor *sir* Robert Stockwood, o causador daquele maldito infortúnio.

Tudo começou com a possibilidade de Trahern Fergus vencer a batalha final no campo de justas de Midlewest, no ducado de Stanfortshire. Durante três dias, o bárbaro, feito Cavaleiro Celta da Ilha dos Homens pelo falecido rei Harlan de Galloway, havia batido todos os seus oponentes e era apontado como o futuro campeão da temporada. E teria obtido toda a honra, a glória e os prêmios do torneio se não fosse a traição do seu então melhor amigo, Robert Stockwood, companheiro desde as Batalhas do Venuedo, sob a bandeira do Rei Bedhan, de Mércia.

Sir Stockwood o atraiu naquela noite para uma armadilha ao levá-lo para a ala dos nobres do castelo e introduzi-lo na câmara das filhas do duque sob o pretexto de tratarem de planos para o cerco aos daneses acampados em Devonshire. Sem familiaridade com a arquitetura do castelo, embriagado pelas incontáveis taças de vinho, cerveja e hidromel ingeridas durante o banquete de celebração, Trahern Fergus não percebeu as más intenções do Senhor de Richmount até ser tarde demais. Assim que entrou nos aposentos, Robert trancou a porta por fora. As jovens adolescentes, Aerdwist e Gwinerf, filhas do Duque Gherswin com a Duquesa Agnyiere, sobrinha do Rei Etelvulf de Kant e Wessex, acordaram apavoradas quando ele começou a esmurrar a porta e chamar por Robert, iniciando uma gritaria infernal que atraiu os guardas e, com estes, o anfitrião.

A indignação do Duque Gherswin foi em muito ampliada pela dissimulação de Robert, que fingiu ter sido dos primeiros a chegar à porta dos aposentos das filhas do anfitrião para socorrê-las. O nobre se mostrou exaltado, fingindo decepção com o amigo traído e incitou aos demais pedindo duro castigo para o cavaleiro ilhéu, acusando-o de ser um pagão pervertido devido à sua origem céltica-picta.

– Este homem, que privou da minha confiança e amizade, é um selvagem sem moral, sem amor a Deus. É um pervertido assassino, indigno da ordem dos cavaleiros e que está tomado pela loucura da bebida forte e do sangue dos justos que tem matado. Agora, vai além do tolerável mesmo para um selvagem ao invadir a intimidade da alcova das filhas virgens do nosso anfitrião, um nobre de mais alta estirpe! Ele deve ser punido severamente por tal crime, sofrendo a mais hedionda morte! – berrava Robert, apontando sua espada para o peito do aturdido e cambaleante Trahern Fergus.

Bem que ele tentou, mas nenhum de seus argumentos foi considerado pelos nobres e cavaleiros presentes ao julgamento sumário a que foi submetido. Ninguém lhe deu crédito diante da fria e covarde eloquência do nobre de Richmount. A pena recebida foi a de desmembramento público por tração animal. A sentença seria aplicada na manhã do dia seguinte à última batalha do torneio e das festas de celebração ao campeão.

Sem parentesco com nobres do continente a quem apelar misericórdia ou ao menos a chance de um julgamento pela espada de outro cavaleiro amigo e leal à sua causa – que aparentemente nem existia entre os invejosos derrotados por ele nas lutas preliminares –, ao cavaleiro celta restou apenas aguardar a hora do cumprimento da sentença.

Aos primeiros raios do sol, inseguro e frio, um jorro de água gelada despertou o prisioneiro no dia seguinte.

– Acorde, bárbaro assassino! – berrou o guarda-mor soltando em seguida uma gargalhada trovejante. – Sou o seu anfitrião agora e estou encarregado de lembrá-lo porque você está aqui e vou prepará-lo direitinho para o seu último dia nesta boa e nobre terra de Stanfortshire! – rosnou o guarda-mor.

Lançado e trancafiado em correntes no calabouço, o cavaleiro havia mergulhado em um sono de bêbado, agitado por sonhos tenebrosos após passar longas horas maldizendo a sua estupidez em confiar tanto em um nobre saxão dissimulado como Robert. E também por ter bebido além da conta. Como cavaleiro e guerreiro experiente, Trahern Ferghus sabia há muito tempo que a inveja dos derrotados e o medo dos futuros adversários nas batalhas do último dia de uma justa eram motivações fortes o bastante para qualquer um lhe enfiar uma espada na garganta, batizar sua bebida com venenos de bruxas e até mesmo denunciá-lo como um conspirador contra o rei ou contra algum adversário de sangue nobre. Ainda assim, foi arrogante e desleixado com a própria segurança. O preço daquela sua negligência é o risco iminente de uma morte brutal, sem honra e extremamente dolorosa. Durante dias, semanas e meses que viriam, o cavaleiro passaria pelos mais horripilantes suplícios que a mente doentia de um sádico pode imaginar.

A má sorte de Trahern Fergus pareceu ter se ampliado no meio da tarde daquele dia. Durante a luta da semifinal entre o cavaleiro Yan "Bolorento" Moldyngton, representante do velho Conde de Holedstone, a espada deste se partiu ao aparar o golpe do machado de *Sir* Hoghan Baynrlord e a ponta de aço cravou-se no pescoço do Conde Gherswin, matando-o na hora.

O infortúnio do anfitrião, claro, foi logo atribuído a uma maldição lançada pelo prisioneiro celta, desencadeando um tumulto entre os convidados e dividindo-os entre os que queriam executar imediatamente o cavaleiro ilhéu e os que desejavam que o bispo Bishop, de Wessex, fosse chamado para exorcizar o condado e abençoar a família do nobre antes que o preso fosse executado e seu corpo desmembrado lançado em uma fogueira.

O luto interrompeu o torneio e o funeral do nobre, que durou uma semana inteira, acabou por arrefercer a ânsia imediata de execução do cavaleiro celta e ele foi praticamente esquecido nas masmorras do castelo, sem água e sem comida, por vários dias seguidos.

Os nobres até poderiam mesmo ter se esquecido do prisioneiro com tantos rituais, celebrações de despedida do corpo morto do Conde e as intrincadas negociações para saber quem se casaria com as duas filhas do nobre e herdaria o condado. Mas não o guarda-mor e carrasco a serviço dos senhores de Hard Heart,

Yannus Mauthus, um saxão balofo e flácido, com seus dentes falsos de prata e olhos amarelos de serpente. Mauthus conhecia com maestria as mais terríveis técnicas de suplícios aplicáveis ao corpo de um ser humano e sentia prazer evidente em fazer o prisioneiro sangrar e sentir dores atrozes sem que isso o levasse a uma morte rápida.

Mergulhado nas trevas úmidas do calabouço, durante um longo espaço de tempo, Trahern Ferghus sofreu as torturas violentas aplicadas pelo carrasco. Ele sabia, no entanto, que aqueles momentos terríveis eram apenas o preâmbulo do que viria a sentir quando fossem aplicar a ele a pena a que havia sido condenado: desmembramento por tração animal.

O cavaleiro celta já tinha visto os daneses executarem homens daquela maneira brutal. O horror da cena em que braços e pernas eram arrancados do tronco, mas não antes que as juntas fossem sendo separadas dorolosa, lenta e controladamente pelos cavalos conduzidos pelos executores, enquanto ossos se partiam e a pele se rasgava, por si só, era algo quase insuportável de se ver, mesmo por quem zombava da morte nos campos de batalha.

Nos intervalos das torturas, Trahern Fergus ficou sabendo pelas conversas dos guardas que a filha mais velha do Conde, Lady Aerdwist, seria dada por esposa ao lorde Robert, que assumiria a administração do condado. A notícia não poderia ser pior para ele. O já rico *sir* Stockwood, em uma só tacada, ficaria ainda mais rico e poderoso, ganharia um pequeno e bem armado exército e ainda se tornava potencial candidato a Rei, já que a união da casa Stockwood com a casa Gherswin, primos em primeiro grau do Rei de Kent e Wessex, lhe daria cacife suficiente para, a qualquer tempo, reivindicar a coroa.

Sentindo-se profundamente derrotado e sem esperanças, Trahern passou a buscar alento para a vida deixando sua mente vagar pelos vales, encostas e praias pedregosas de sua terra natal. Nestes momentos, ele se regozijava com as recordações de um tempo em que, agora sabe, foi feliz. Um tempo que foi interrompido quando sua mãe, após a morte de seu pai em uma batalha contra os invasores daneses, o entregou aos cuidados do tio Maerwis, um pescador aventureiro, explorador do mar e desapegado à terra. O tio, por sua vez, o deu como resgate pelo seu barco arrestado por dívidas pelo *earldorman* das Ilhas Arcaibh.

As lembranças, mais do que um passeio pelo passado, na verdade, se constituíam em um ritual de reintegração da alma de Trahern Fergus com as suas raízes célticas, com a sua natureza original e com as forças que governam a existência de todas as coisas. Enquanto deixava sua alma vagar pelas pradarias, vales e montanhas do tempo, o cavaleiro vai resgatando pelo caminho o seu aprendizado como escudeiro do *earl* Rudgart Olarfson. Além de seu senhor, o *earldorman* foi seu mestre nas artes da cavalaria, do manejo da espada, da lança e do machado, nas táticas, golpes de luta corporal e técnicas de cavalgada em combate ou fuga. Foi com Rudgart que aprendeu a ciência das navegações em mar aberto, seja calmo em meio a tempestades usadas por daneses e romanos. E, claro, também aprendeu cedo os rituais de morte, bravura, honra e glória nas batalhas, fossem estas pequenas ou grandes, individuais ou em pequenos grupos furtivos.

As memórias, as dores da tortura e da fome também o fizeram recobrar a fé ancestral de seu povo. Vivendo há mais de uma década e meia entre cristãos, Trahern Fergus se esquecera quase completamente das orações de infância pagã na Ilha dos Homens, entre os de sua tribo. Seus lábios foram aos poucos se descolando em uma prece evocativa à *Tarannis* e *Morrigan*, o casal mais poderoso entre os deuses de sua gente, em que as palavras mágicas brotavam do fundo de sua alma. "Poderoso *Tarannis*, Excelsa *Morrigan*, Divino Manannan Mac Lyr, que pelo poder de teu martelo, de tua lança e teu tridente, as cadeias que aprisionam este vosso servo sejam despedaçadas. Salva-me dos meus inimigos e destrói os que querem minha morte de forma indigna!".

A oração, em forma de um mantra rouco e profundo, fez com que Trahern Ferghus relaxasse ao ponto de seus nervos e músculos se tornarem flexíveis o suficiente para que as grossas algemas que prendiam seus pulsos emagrecidos pela escassez de comida durante a prisão se tornarem frouxas, permitindo que ele, em fim, se soltasse das correntes.

Com as mãos livres, o cavaleiro apanhou uma lasca de pedra solta no chão do calabouço e, com ela, escavou o cravo de ferro que prendia a corrente dos pés à parede. A tarefa fez sangrar as mãos, lanhadas pela lâmina de pedra, mas isso não o deteve. A possibilidade real de fuga o animou a cavar até que o grosso cravo de ferro se soltasse da parede. Trahern só descansou alguns minutos depois que segurou a ponta da corrente e, de pé, caminhou por toda a extensão da cela, experimentando o gozo curto da liberdade estreita daquele buraco. Sair dali exigiria uma nova jogada de sorte e uma dose cavalar de sangue frio e coragem. Então ele esperou pelo momento em que a fortuna voltaria a lhe sorrir.

O guarda aproximou-se da pesada porta de madeira de carvalho e olhou para o interior da cela pela fresta escavada na parte superior da prancha, iluminando o fundo do calabouço com um archote. No local onde devia estar o prisioneiro havia apenas um buraco onde antes havia o cravo que prendia a corrente para os pés. Um pouco mais acima, as algemas pendiam, vazias. O guarda arregalou os olhos e piscou, não acreditando que o prisioneiro pudesse ter escapado. E justo no seu turno. Intrigado, ele testou a porta para verificar se estava aberta, mas a pesada prancha de madeira não se moveu, presa ao ferrolho externo. Esquecendo-se de que a cela ficava encravada em um porão cavado na rocha de arenito sob o castelo e que a única saída ou entrada era pela porta que dava para a escadaria e esta, para o pátio interno da estrebaria, o vigia decidiu abrir a porta e ver se o preso tinha cavado algum buraco no chão ou na parede lateral da prisão.

A estupidez do soldado, um jovem e rude campônio de Magoncete, deu ao cavaleiro celta a oportunidade que havia pedido aos seus deuses bárbaros. Protegido pelas sombras, Trahern Fergus esquivou-se por trás do guarda e, enrolando a corrente que ainda prendia seus pés ao pescoço do homem, o imobilizou e o estrangulou até que ele parasse de se debater. O prisioneiro soltou o cadáver e pegou a chave que o guarda trazia presa ao cinto.

Com as mãos trêmulas e arfando como um urso que desperta da hibernação no meio do inverno, ele abriu o grilhão duplo que lhe prendia os tornozelos. Em seguida, empunhou a espada do guarda e envolveu-se no capuz que retirou do cadáver. Antes de sair, despiu o homem e experimentou suas botas, mas eram pequenas demais para seus pés. Usá-las iria lhe causar dores e feridas piores do que as que pudesse adquirir andando descalço pelas trilhas e campos pedregosos durante a fuga. Achou mais prudente levar só a espada e a lança do guarda. Colocou o archote na presilha do lado de fora da cela e trancou a porta atrás de si.

Com cautela, o cavaleiro subiu a escada evocando a cada passo a proteção de *Scatha*, a Deusa das Sombras, para mantê-lo oculto dos olhos inimigos. No topo da escadaria, um pequeno salão fazia as vezes de posto de guarda dos calabouços. Trahern Fergus olhou em volta e, avistando dois soldados sentados de costas para ele, pesou a possibilidade de matá-los sem alarde e julgou corretamente isto ser impossível, a não ser que pudesse surpreendê-los com um estratagema. Cobriu a cabeça com o capuz e, usando a capa para ocultar a espada, decidiu rumar direto para a saída, esperando que eles o confundissem com o companheiro que havia descido para ver o prisioneiro e não o incomodasse.

A sua audácia quase funcionou. Os dois guardas, a princípio, não estranharam o vulto que emergiu pela escadaria, quase uma sombra, mal iluminado pelas tochas bruxoleantes postas em cantos opostos do salão. Mas um dos homens estranhou os pés pálidos e descalços de Trahern, que a barra da capa não conseguiu encobrir.

– Odred, que houve com suas botas? – indagou o vigia mais alto, levantando-se. O outro guarda também se levantou e Trahern concluiu que teria que lutar e ser rápido, muito rápido, se quisesse escapar dali com vida.

– Elas estavam me machucando e eu as tirei... – disse dando dois passos rápidos à frente para deixar os homens ao alcance da lâmina afiada da espada. Com a agilidade de uma serpente dando um bote, o cavaleiro avançou o braço direito armado e cravou a espada na garganta do guarda mais próximo. Ferido mortalmente, o homem soltou um grunhido gorgolejante pelo sangue que esguichou do buraco em sua carótida aberta num talho profundo que quase decepa-lhe a cabeça.

No mesmo movimento contínuo, o celta adiantou a mão esquerda para agarrar o segundo guarda pela gola da túnica que usava sobre o gibão de couro cru de cabra, impedindo-o de sacar a espada. Pego de surpresa, o guarda gritou quando sentiu a espada empunhada por Trahern penetra-lhe o flanco esquerdo, cortando no caminho o fígado, o coração e um dos pulmões.

O grito de dor e horror do guarda chamou a atenção dos vigias das duas torres da muralha mais próximas da estrebaria e dos guardas da entrada do salão principal do castelo. Trahern correu para fora e, saltando a mureta do pátio iluminado por grandes archotes que ele atravessou correndo. Uma saraivada de flechas vindas da muralha o perseguiu perigosamente. O cavaleiro rumou para o fundo do pátio e embicou em um beco estreito que, conforme ele se lembrava, terminaria em frente à cozinha. Era sua única rota de fuga possível, já que a cozinha tem um portão de serviço que dá para o pátio dos celeiros e despensas e onde os aldeões e fazendeiros entregam as cotas de suas colheitas e criações ao senhor do Castelo, bem como as terças-partes dos tributos do reino.

Na saída do beco, no entanto, o fugitivo se viu cercado por outros dois soldados do Conde. Com a agilidade de um gato, ele se esquivou de um golpe de lança e, aproveitando o impulso do atacante, aparou-o com a espada que corta a barriga do homem em diagonal. Com um berro pavoroso, o guarda larga a lança e tenta, desesperado, aparar com as duas mãos as suas entranhas, que escapam de seu corpo pelo grande talho aberto em seu ventre. Trahern usa o corpo ferido do guarda como escudo e apara um pesado golpe desferido pelo segundo soldado, cuja espada decepa o braço do companheiro já mortalmente ferido.

O cavaleiro em fuga solta o ferido e gira a sua espada à meia altura, cortando o inimigo na altura dos joelhos, fazendo com que o homem perca o equilíbrio e o ímpeto, o que deixa o celta livre para desferir-lhe um golpe fatal com a lança que trazia na mão esquerda. O soldado fica cravado no chão e o cavaleiro celta olha em volta, tentando localizar o portão que leva ao exterior do pátio dos celeiros e para a sua liberdade.

A saída está a pouco mais de 30 metros à sua direita. Ele corre na direção do portão e uma nova saraivada de flechas o persegue. Antes que consiga alcançar a proteção do alpendre que protege o portão, uma seta crava-se profundamente em sua perna esquerda e ele cai. Imediatamente, se levanta e corre, o corpo projetado para frente. Uma segunda flecha passa com um zumbido tétrico rente ao seu pescoço e rasga-lhe a pele num talho ardente.

Já protegido sob a marquise, ele retira a trave e abre o portão. Ao sair e fechar o portão atrás de sí, o cavaleiro bárbaro se dá conta que o caminho estreito se espreme entre a muralha e uma penha escarpada e que, qualquer das alternativas que escolher, seguir o caminho estreito sob uma chuva de flechas dos guardas da muralha ou enfrentar o despenhadeiro, suas chances de sobreviver são igualmente remotas. Os gritos dos guardas em seu encalço o fazem decidir por se arriscar pela penha, contando com as sombras da noite para dificultar a visão dos perseguidores e com a mão da deusa *Scatha* para guiá-lo na escuridão.

Escorregando por entre as bordas do penhasco, Trahern Fergus desceu a escarpa o mais rápido que pode. Cães e guardas seguiram pela estrada, descendo em direção à vila no sopé daquelas encostas, dando ao fugitivo uma vantagem de tempo precioso. O cavaleiro alcançou terreno plano no meio da madrugada e, enquanto ele se embrenhava pela floresta adormecida, os guardas concentravam a busca nos becos, vielas e proximidades da aldeia.

O amanhecer encontrou o cavaleiro quase exaurido em pleno coração da floresta. Trahern Fergus decidiu parar para recuperar o fôlego. Em um barranco, encontrou uma toca que, no inverno, deve ter abrigado algum animal predador de grande porte, pois havia ossos de outros bichos menores à entrada. Afastando com os pés as ossadas, ele se ajeitou no fundo da toca e só então deixou os músculos exaustos relaxarem. Com o sangue esfriando, a dor na perna esquerda lhe cobrou atenção. Ele havia quebrado a haste da flecha que estava cravada profundamente na coxa, mas a ponta de aço triangular não lhe permitia arrancá-la. Decidiu mantê-la presa ao corpo para poupar-se do desgaste da dor lancinante que sofreria caso rasgasse as carnes, músculos e nervos puxando a ponta de flecha na marra. Para estancar o sangue, ele apanhou um monte de musgo e limo das bordas da toca e, urinando sobre a macega, fez um emplastro e o colocou em torno da haste. Depois, recostou-se e se permitiu o descanso.

Encolhido feito bicho em uma toca sob a floresta nua depois do degelo do inverno, cinzenta e silenciosa ao meio-dia, Trahern Fergus tentou esquecer o frio que lhe queimava a pele e fazia arder os ossos imaginando várias formas dolorosas e cruéis de matar o traidor Robert Stockwood, mas adormeceu antes de decidir se empalaria o traidor, se iria desmembrá-lo junta à junta ou se acabaria com a vida do nobre traiçoeiro pendurando-o de cabeça para baixo num recanto sombrio e inacessível da floresta para ser devorado vivo pelos corvos, formigas e vermes.

Aljubarrota

Por Gustavo Quadros

Naquele frio agosto de 1385, Martim pensava em como sua vida havia mudado desde o ano anterior. Pensava enquanto cavava buracos na encosta da colina para quebrar patas de cavalos franceses. Mestre Sebastião estava ali perto, também cavando buracos, remexendo a terra com a ponta de sua espada e depois usando suas mãos sujas para dar profundidade. Ele olhou para os buracos que Martim cavou e acenou positivamente para o rapaz com a cabeça. Não era um "bom trabalho, garoto" nem mesmo um "está certo", mas foi o suficiente para elevar a moral de Martim. Havia pouco mais de um ano, Mestre Sebastião, o ferreiro, havia transformado-se em pai, tutor, protetor e patrão de Martim. Era muita sorte, muito mais do que a maioria das pessoas recebia dos céus naqueles dias de peste e guerra. Martim concentrou-se mais nos buracos e continuou pensando nas reviravoltas de sua vida.

Em 1383 sua mãe morreu e levou consigo seu irmão mais novo, que estava na barriga. Os pais de Martim eram camponeses nos arredores de Lisboa e cuidavam das terras do Senhor Fernão. Seu pai tratava dos chamados de guerra do seu senhor com tanto afinco quanto cuidava da terra e Martim, com seus dezesseis anos, era deixado com a mãe na choupana para cuidar da colheita sempre que seu pai estava em campanha militar. Certa manhã a notícia da morte de Senhor Fernão em uma escaramuça com castelhanos deixou todos atônitos. Seu filho, também Fernão, não era experiente nos assuntos da terra ou da guerra e deixava os servos inseguros sobre o futuro. A parte mais chocante do dia, porém, ainda estava por vir. O pai de Martim também não voltou da batalha. O rapaz amava seu pai, muito, e era difícil imaginar aquele homem perdendo uma batalha. A imagem de seu pai era tão poderosa em sua mente, que mesmo o senhor daquelas terras morrendo em batalha era algo mais aceitável que seu pai, um simples camponês armado às pressas em tempos de guerra, morrer nas mãos dos castelhanos. Apenas dois dias depois, sua mãe caiu com febre. Eram os dias da peste, e Martim ouvia de forasteiros notícias de valas comuns sendo abertas em vilarejos mais afastados. No quarto dia de febre, sua mãe morreu. A pele coberta de pústulas típicas da praga e a barriga volumosa por baixo do vestido, que denunciava uma segunda morte.

    Martim usou a única pá que seu pai deixara na choupana para cavar uma cova. Pôs sua mãe deitada, enrolada em um dos poucos lençóis que possuíam. Tomou cuidado para não encostar em nenhuma das feridas do cadáver. Aquela doença parecia ser transmitida pelo ar, como se o demônio espalhasse sopros ruins das profundezas do inferno, mas mesmo assim, a ideia de encostar nos ferimentos de sua mãe o deixava amedrontado. Rezou pela alma de sua mãe, pedindo a Deus que juntasse sua família no paraíso e que, quando fosse do agrado do Senhor, ele também gostaria de juntar-se a eles. Após a oração, enquanto fechava a cova com terra, Martim ouviu cavalos se aproximando. Ao ver Senhor Fernão, o filho, aproximando-se com dois guardas também a cavalo, ele dobrou seu joelho e curvou-se ao senhor daquelas terras:

    – Meu senhor.

    – Queimem a choupana. Você está com febre? – o jovem senhor das terras tinha dificuldade para manter seu cavalo quieto.

Ele estufava seu peito, precisava mostrar aos camponeses que era o novo comandante.

– Não, senhor, por favor. Eu moro aí.

– Eu fiz uma pergunta, camponês! – outros camponeses de choupanas vizinhas espiavam pelas janelas.

– Não, senhor. Sem febre. Por favor, não queime a choupana. Preciso dela para servi-lo.

– Queime! – reafirmou Fernão para o guarda que agora levava seu cavalo até a choupana e encostava uma tocha no telhado de palha. – Todas as choupanas que tiveram mortes pela peste serão queimadas junto aos pertences dos servos – um burburinho espalhou-se entre os vizinhos de Martim.

– Não! Deixe-me pegar minhas coisas! Senhor, não tenho o que comer! – Martim levantou-se e correu em direção à entrada de sua casa. Fernão acelerou seu cavalo contra o camponês e desferiu um chute contra seu rosto. Martim era muito mais rápido e forte que um jovem criado nas regalias de um castelo, agarrou o pé de seu senhor e o puxou para fora da sela.

O jovem e arrogante Fernão caiu com o rosto na terra lamacenta. Os guardas, em um primeiro momento, ficaram sem reação. O homem, que já havia ateado fogo ao telhado de palha, largou a tocha e sacou uma espada. Fernão, levantando com dificuldade e com um rio de sangue brotando de seu nariz, gritou:

– Matem o desgraçado!

Martim pulou para a sela do cavalo de seu senhor e disparou em direção à estrada que passava nas fronteiras das terras de Fernão. Os dois homens o perseguiam gritando ordens para que parasse. Quando estava quase chegando à estrada, Martim fez uma curva brusca para a esquerda, em direção ao bosque. Enquanto o cavalo corria em meio às árvores, Martim pulou para o chão e correu na direção contrária. Escondeu-se atrás de um carvalho, com a mão na boca para que não ouvissem sua respiração barulhenta. Lágrimas brotavam de seus olhos. Em apenas três dias ele havia recebido a notícia da morte do pai, sepultado a mãe grávida e recebido uma sentença de morte de seu senhor.

Ouviu os cavaleiros passarem por ele, diminuindo o ritmo dos cavalos conforme o espaço entre as árvores diminuía. Ainda perseguiam o som dos cascos do cavalo de Fernão, que seguia bosque adentro. Assim que se afastaram, Martim seguiu pelas árvores em direção à estrada. Ele precisava sair das terras de Fernão, mas não tinha para onde ir. Todas as poucas coisas que possuía naquela época estavam na choupana que agora lançava uma coluna de fumaça negra para os céus. Uma entre muitas. Maldito Fernão.

Em meio aos pensamentos de ódio e medo, Martim alcançou a estrada. Ao sair do meio das altas árvores a atingir a estrada, percebeu um homem em uma carroça o observando. Era careca no topo da cabeça, mas os cabelos grisalhos caiam até os ombros. Tinha barba malfeita e roupas sujas.

– Se quiser esmolas, não as tenho. Se tentar me roubar, te mato! – o homem estava comendo uma maçã em pé ao lado de uma carroça puxada por um cavalo velho e cansado.

– Preciso sair daqui, senhor. Homens me perseguem. Eu juro por nosso senhor Jesus Cristo na Cruz, eu nunca fiz mal a ninguém!

– E do que te acusam? – disse o homem, pondo a mão no cabo de uma longa faca que estava em sua cintura.

– Derrubei o senhor Fernão do cavalo. Ele tentou queimar minha casa! – Aos ouvir suas próprias palavras, Martim repensou sua ultima frase. – A casa era dele, as coisas de minha família estavam lá!

– Fernão pai ou Fernão filho?
– Filho, senhor.

Martim foi surpreendido pela gargalhada do carroceiro maltrapilho. Por um instante achou que seria levado pelo velho até o seu senhor em troca de alguma recompensa. O homem enxugou

as lágrimas que escorreram por seu rosto sujo enquanto dava risada. Lentamente, o riso deu lugar a um olhar sério.
– O pai dele está mesmo morto?
– Assim ouvimos, senhor. Seis dias atrás. Na mesma escaramuça em que meu pai perdeu a vida.
– Uma lástima... era um bom homem. Já o filho... você fez bem em derrubá-lo. Gente como o jovem Fernão não deveria ficar muito longe do chão. Suba na carroça, e deite-se lá atrás. Permaneça escondido até minha segunda ordem. Não é caridade, rapaz. É uma troca. Você vai trabalhar para mim em Lisboa.

Em Lisboa, Martim estudou o oficio de ferreiro. Naquela carroça que havia salvado sua vida, Sebastião transportava diversas espadas, lanças e alabardas quebradas e tortas. Restos de alguma batalha recente que o ferreiro apanhou e levou para usar como matéria-prima. As armas sujas de terra e sangue faziam Martim se questionar se alguma daquelas manchas de sangue era de seu pai. Talvez alguma daquelas espadas castelhanas transpassou seu coração? Ou uma das alabardas abriu seu crânio? Nunca teve uma resposta.

O trabalho cuidando dos materiais de Mestre Sebastião era pesado. Ele precisava comprar o carvão e transportá-lo até a ferraria. Cuidava da exposição das armas em feiras e frequentemente precisava socar a cara de algum ladrão tentando fugir com uma das adagas dentro das calças. Mestre Sebastião era um bom tutor, mas rígido. Martim recebia suas refeições e tinha na oficina do seu mestre um lugar para dormir. Quando cuidava de alguma venda grande recebia algumas moedas como uma co-participação, que gastava em algum bordel. O contato com o mundo das armas apresentou muitos soldados e mercenários ao rapaz, e não ficou surpreso quando seu próprio mestre mostrou-se apto para a guerra. Um ano havia passado desde que se conheceram e mais uma vez os castelhanos estavam atacando. O sentimento de guerra nunca fora tão forte na região. João de Aviz havia se proclamado rei de Portugal através de um golpe, e os portugueses pretendiam defender seu novo rei.

Na primavera de 1384 a cidade estava em pânico. Todos os arautos, todos os sacerdotes e todos os guardas proclamavam para os quatro ventos que Juan de Castela estava marchando para Lisboa. O rei castelhano em pessoa pretendia tomar a cidade. Martim foi acordado às pressas por Mestre Sebastião em uma manhã quente. A ordem era simples: deixar a cidade e embrenhar-se na floresta da região. Conforme saíam correndo da cidade, levando apenas alguns pertences, Martim viu que Mestre Sebastião não era o único com essa ideia. Mais tarde, a surpresa foi ainda maior. Ele não era o único com essa ideia e ele mesmo havia organizado a debandada daquelas dezenas de homens rumo à floresta. Mestre Sebastião pediu ajuda de Martim para vestir uma cota de malha por cima da roupa, e depois retirou outra cota de um saco e a ofertou para o jovem. Os homens escondidos na floresta, que agora cercavam o ferreiro e seu aprendiz, imitavam suas ações, vestindo-se para a luta.

– Senhor – começou Martim, assustado. – É o exército do rei que nos ataca. Não poderíamos vencer nem mesmo com dez vezes essa quantidade de homens! Eu achei que estávamos fugindo!

– E deixar minha loja ser queimada por esses porcos de fala enrolada? — alguns dos homens já equipados com suas cotas de malha riram do xingamento de Sebastião enquanto prendiam elmos com amarras de couro. – Linhas de suprimentos, fedelho. Atacaremos as linhas de suprimento.

Pelos dois meses seguintes, Senhor Sebastião e seus homens atacaram caravanas castelhanas que passavam na estrada na orla da floresta rumo à Lisboa. O exército de Juan estava acampado cercando a cidade, com seus trabucos, disparando projéteis incendiários todos os dias. Para manter seu cerco resistente e funcional, Juan precisava de comida, munição e novos escudos para resistir às enxurradas de flechas que desciam das muralhas de Lisboa. Esses itens chegariam até o rei estrangeiro, se Senhor Sebastião não estivesse decidido a matar os castelhanos que os transportavam. Os homens na floresta emergiam rapidamente das árvores, atacavam os comboios e roubavam as cargas. Depois, por dentro da floresta, levavam os bens até mercadores decididos a levá-los até a praia, para que barqueiros pudessem deixar os víveres no cais de Lisboa, que também era fortemente protegido por navios castelhanos. Martim ficou com um pavise. Era um escudo grande, da altura e largura de um homem alto. Mestre Sebastião pôde ver que seu aprendiz não tinha o sangue frio necessário para matar um homem. A função do jovem era cobrir seu mestre com o escudo a cada disparo de besta que era desferido. Nos ataques, Senhor Sebastião sempre levava sua besta. Disparava, então corria para trás de Martim e seu gigantesco escudo. Enquanto pisava na alça da arma e puxava com toda sua força a alavanca para preparar outro disparo, Martim mantinha-se firme aguentando a pressão dos disparos castelhanos. Quando estava pronto, Senhor Sebastião saía da cobertura e mirava em um novo inimigo. Martim precisava ficar atento, manter-se sempre perto do mestre, para prover cobertura sempre que a demorada recarga da arma precisasse ser efetuada.

 Dois meses de cerco malsucedido. Lisboa recebia os víveres roubados e a peste fazia cada vez mais vítimas nos exércitos mal alimentados de Juan de Castela. Mesmo assim, quando os invasores marcharam em retirada, todos sabiam que era apenas uma questão de tempo até que retornassem.

 Naquele frio agosto de 1385, Martim parou de pensar nos últimos dois anos e terminou de cavar buracos na encosta do morro. O Condestável Álvares acreditava que Lisboa não suportaria outro cerco como o do ano anterior. Preferiu então encontrar as tropas do obstinado Rei Juan de Castela nas imediações da vila de

Aljubarrota, no topo de uma colina. "Temos o terreno alto, é uma vantagem", disse Senhor Sebastião para Martim e o grupo de homens que o seguiam desde as emboscadas na floresta. Os homens aprovavam a opinião do seu líder com palavras de entusiasmo ou acenos positivos com a cabeça, mas não Martim. Dois anos morando na ferraria foram suficientes para aprender a interpretar as tonalidades na voz de seu mestre. Ele estava com medo. Martim estava com medo. O exército português estava com medo. O ânimo das tropas não melhorou quando o exército real de Castela foi avistado. Juan trazia trinta mil homens, sendo dois mil deles cavaleiros franceses, com seus garanhões cobertos por panos nas cores de seus senhores. Do alto da colina, os sete mil portugueses assistiam assustados ao desfile das tropas castelhanas e podiam ouvir o barulho de trinta mil cotas de malha e armaduras sendo posicionadas no campo abaixo. Besteiros portugueses caminharam para a vanguarda do exército e, junto a eles, foi Mestre Sebastião e seu aprendiz com o pavise. Os lanceiros estavam logo atrás e deixavam corredores em meio às suas formações para que os besteiros pudessem fugir em caso de ataque de cavalaria. Seguindo para a vanguarda também caminhavam duzentos arqueiros ingleses. Mestre Sebastião havia dito a Martim: "Se franceses estiverem lá, pode apostar que os ingleses também estarão. Eles se odeiam." O jovem esperava um reforço mais numeroso por parte dos ingleses, mas sabia que dificilmente algum reforço faria diferença frente aos trinta mil inimigos que agora gritavam e cantavam hinos. Suas bandeiras e estandartes sacudiam ao vento.

   Risadas se espalharam entre os ingleses. Alguma piada em uma língua que Martim não compreendia. Ao som de um trombeta, os cavaleiros franceses começaram a avançar. Primeiramente um trote lento, que foi ganhando intensidade até tornar-se um galope ensandecido. Chegavam ao começo da encosta da colina quando o líder dos arqueiros ingleses deu a ordem para dispararem. Martim pôde ouvir as cordas estalando ao serem tensionadas pelas hastes de madeira. Instantes depois, uma rápida sombra passou por cima da encosta cobrindo o sol e, por fim, cavaleiros começaram a cair. Os gritos dos animais e dos homens podiam ser ouvidos do pico. Alguns cavalos enlouqueciam com a dor e pulavam derrubando os cavaleiros. Outros simplesmente caíam e esmagavam pernas de homens que não conseguiam pular rapidamente por conta das armaduras pesadas. Os besteiros portugueses agora também estavam disparando e Sebastião curvava-se para recarregar sua besta a cada disparo. Uma breve saraivada de setas francesas atingiu os besteiros e Martim pôde ouvir homens gritarem ao seu redor, além de duas pancadas fortes em seu largo escudo. Sebastião adentrou a cobertura com sucesso e, assim que a chuva de setas acabou, ele voltou a disparar.

A coesão do eéercito inimigo estava arruinada. Alguns cavalos quebravam suas patas nos buracos enquanto subiam a encosta. Outros caíam sob flechas inglesas e setas portuguesas. As tropas precisavam espremer-se na subida, pois aquela face da colina não tinha largura para comportar a todos. Alguns homens que abandonaram animais feridos subiam lentamente a colina caminhando e também eram mortos por flechas. Mesmo desorganizados, os franceses estavam chegando muito perto, mais da metade da subida já estava coberta por soldados montados. "Besteiros, para a retaguarda. Lanceiros, para a vanguarda" gritava o Condestável Álvares, que tinha suas palavras repetidas por diversos oficiais e reafirmadas por cornetas emitindo notas que ditavam aquelas ordens. Sebastião, Martim e os outros besteiros correram para trás por entre os lanceiros que fechavam seu corredor humano assim que os aliados terminavam de correr para a retaguarda. O choque foi iminente. Cavalos pesados, com peitorais de metal, chocavam-se contra lanças e lanceiros, derrubando os homens, pisoteando-os. Alguns besteiros e poucos arqueiros ingleses feridos na breve saraivada francesa foram lentos na retirada e esmagados pelos cascos franceses. Os cavaleiros empurraram as tropas portuguesas até onde puderam e, depois que os cavalos perderam a disputa de forças contra a parede de lanceiros, os homens montados usavam suas lanças para furar os soldados portugueses.

Martim pôde ver o restante do exército inimigo marchando em direção à colina. Os cavaleiros franceses recebiam agora reforços da cavalaria que trazia a bandeira do rei de Castela, que vinha a galope somar forças à desordem e carnificina que acontecia na frente de batalha. O resto das tropas inimigas estava se dividindo. A infantaria estava tentando subir as laterais da colina, tentando flanquear os portugueses. Ordens do Condestável Álvares mais uma vez chegavam a todos. Os besteiros portugueses deveriam cuidar do flanco esquerdo, enquanto os arqueiros ingleses dirigiam-se para o direito. Mais uma vez posicionando-se à frente de seu mestre Sebastião, Martim o via disparar suas setas colina abaixo. Aquela face da colina era muito íngreme e os soldados estrangeiros subiam com dificuldade. Em alguns trechos da subida, precisavam apoiar-se com as mãos no chão, e nesses segundos de descuido e escudos abaixados, Sebastião e os besteiros cravavam suas setas nos peitos pobremente protegidos. As cotas poderiam proteger do fio de uma espada, mas não de uma seta voando diretamente até eles. Sebastião saiu mais uma vez para disparar e Martim pôde sentir três pancadas de setas em seu pavise. Fazendo força para não ser empurrado para trás, ele procurou seu mestre para oferecer cobertura e percebeu que não seria mais necessário. Seu mestre estava caído, uma seta castelhana fincada em sua garganta fazia sangue borbulhar na boca do ferreiro, durante suas últimas palavras, que nunca foram ouvidas devido a tantos homens gritando ao redor.

– Os desgraçados mataram o Mestre! – Martim gritava, e aos poucos os outros besteiros tomaram consciência de que o homem que respeitavam como um líder desde as lutas contra caravanas na floresta estava morto.

Consumido pela cólera ao ver seu tutor morto, Martim não pôde ver a bandeira do rei de Castela cair na frente de batalha. Na retaguarda inimiga, o boato da morte do rei tornava-se cada vez mais crível, na medida em que soldados subindo a colina e desertores descendo chocavam-se e colaboravam para a total falta de coesão das tropas. A bagunça atrás das linhas inimigas na estreita encosta e o crescente obstáculo que eram os corpos jogados no declive davam chance para os lanceiros portugueses avançarem e pressionarem a infantaria e cavalaria inimiga, agora desesperados aos ver a bandeira do rei sumir em meio ao chão pisoteado e sujo de lama, sangue e merda. Pressionando mais, os lanceiros foram capazes de romper a linha castelhana, e agora homens de infantaria com escudos e espadas adentravam o espaço antes ocupado pelo inimigo, estocando e cortando. Cavaleiros franceses e castelhanos que tentavam dar meia-volta com seus garanhões eram alcançados e puxados para fora das selas para serem perfurados por diversas espadas e lanças. Cavalos tinham os jarretes cortados e caíam sobre homens. Os castelhanos que subiam pelos flancos da colina agora viam a retirada na encosta principal e davam meia-volta às pressas. Corriam barranco abaixo e muitos caíam tropeçando em compatriotas ou em suas próprias pesadas botas de campanha. Martim ajoelhou-se e fechou os olhos de seu mestre. Sacou a espada que o morto trazia presa ao cinto, partiu encosta abaixo junto com os besteiros encorajados pela retirada inimiga. Atrás deles, O Condestável Álvares dava ordens para que o inimigo fosse perseguido e aniquilado. Martim cravou a espada nas costas de um castelhano em fuga. Ele e o homem caíram e rolaram alguns metros. Levantou-se puxando a espada de volta e a usou para cortar outro inimigo que passava correndo pelo seu lado, desesperado em sua fuga. Ele podia sentir os respingos quentes e escarlates que jorravam dos homens quando ele os cortava. Parecia que Martim tinha o sangue frio que Mestre Sebastião não havia enxergado nele.

Afastando-se da colina, com sua guarda pessoal ferida, Juan de Castela não conseguia controlar seu próprio exército. Tentou avisar aos comandantes que estava vivo, mas a debandada desorganizada e com medo impedia todo tipo de comunicação. Reuniu o que pôde de seu exército e marchou para fora do alcance português, deixando muitos para trás para serem abatidos. A vitória de Portugal era iminente.

Almas simples

Por R. D. Finn

Vou sentir muito sua falta aqui na nossa pequena Beguina, Mellina! Tem certeza que não quer ficar conosco?
— Sra. Catherine, eu vejo como as outras mulheres daqui acham esquisito quando os homens passam mais tempo que deveriam na rua após o anoitecer, e eu e minha mãe realmente não podemos ficar por aqui sem poder cuidar do meu pai...
— Bem, é verdade que temos um pouco de medo... especialmente nesses dias de ataques, quando deveríamos todos estar em penitência — reprovou a jovem senhora, olhando ao redor da pequena praça em frente ao belo corredor de casinhas enfileiradas.

O movimento da praça, cheio de crianças, moças e senhoras em meio ao corredor que ligava o pequeno vilarejo à estrada do burgo sempre trazia burburinhos de todos os lugares do reino. Assim que terminasse seu desjejum, todas teriam que ajudar na recepção dos feridos do último ataque dos infiéis ao burgo. Aqueles "cruzados" que viraram as armas contra o próprio povo do Altíssimo não eram seus verdadeiros defensores, todos ali sabiam — mas sem homens feitos na própria vila para protegê-los as opções eram pífias.

— Mas seu pai já é um idoso, então tenho certeza de que, com a Graça, posso encontrar quem os acolha em algum dos casebres até conseguirmos ajuda do burgo para novos quartos. Vamos, Mellina, minha querida! – a jovem senhora exclamou em meio a um grande beijo nos cabelos trançados da menina. – Não seria tão bom ficar conosco? A Quaresma começou não faz um par de dias, logo estaremos todos na Beguina comendo pastéis doces que aprendi a fazer com monges da distante Galícia para o festejo de Páscoa.

Ao ver o sorriso da jovem senhora mirado nela, a pequena conseguiu ver por sobre seus olhos como realmente seria maravilhosa a vida ali no pequeno vilarejo, e seu peito sobressaltou-se tamanha a sua breve alegria. Sua visão se estendia por sobre muitos dias de tempo ameno e trabalho árduo com as mulheres da vila, porém sempre em meio às gargalhadas de todas as moças que logo se juntavam à pequena vila e com ela traziam as suas próprias alegrias e pequenos milagres, tornando todas que ali moravam tanto mais fortes por estarem crescendo todo dia um pouco mais. Nem mesmo mais uma Guerra Santa e a perda cada vez mais rápida dos homens feitos conseguia acabar com a alegria de tantas mulheres, quando elas estavam todas juntas em suas missões.

– É verdade, Sra Catherine – a menina disse já chorosa, a ponta da sua trança desfazendo-se sobre seus dedos nervosos, por mais que a senhora tentasse prendê-la. A visão de uma vida segura na Beguinage era algo tão belo e puro que trazia lágrimas a seus olhos sem precisar forçá-las.

– Oh... veja-te, menina! – Catherine exclamou novamente, agora abraçando a moça franzina em um aperto. – O amor de Nosso Senhor a todos provê e nos ilumina! Seus pais estarão muito bem aqui conosco, e tu bem sabes como adoro ouvir novas histórias de quem aqui aparece! Vamos, agora vamos comigo lavar as tigelas para levar água para os novos feridos do burgo. Ande, ande! – ela logo mandou que Mellina a acompanhasse rapidamente, com as duas tigelas iniciando a braçada de louça a ser lavada.

– Finalmente! – uma voz vinda do menor dos vultos xingou, brutalmente jogada na terra enlameada por mãos que brotavam das muitas sombras à pouca luz, um fedor de cerveja sobrepujando-a. – Demoraste demais, maldita meretriz!

– Garoto, deixe a menina e cale sua boca! – uma segunda voz vinda do vulto maior, mais dura e imponente, logo sobrepôs-se aos gritos da garota, que parou de debater-se no chão em sua tentativa de fuga daquele corredor estreito.

– Lorde, por favor, mande-o embora! – a jovem quase gritou, encolhendo-se para onde sabia que a voz de seu lorde soara.

– Volte para o castelo e me espere lá, seu bêbado infiel! – a voz disse num tom baixo e grave e com um tapa pesado que poderia ter ressoado por todo o burgo, tamanha a força.

– Bruxa!! – ouviu-se a voz arrastada repetir sobre os esmurros nas paredes de um jovem alto e magro que cambaleou corredor afora.

– Pronto – ecoou pelas paredes úmidas de madeira do corredor entre as duas tavernas. – Agora fale, Mellina.

– Depressa! – o homem acenou para a entrada do vilarejo, permitindo que o outro tomasse as honras. O rapaz armadurado ao seu lado estapeou seu cavalo com um sorriso largo no rosto e trotou até a grande praça. Moças e idosos arrastando os feridos para abrirem caminho.

– Em nome de Vossas Excelências! O Representante da Vontade Divina Rei Louis X da França, no Ano de Nosso Senhor de 1315, ordena que o Bispo de Cambrai... – o rapaz trovejava de cima da montaria para os pobres coitados, sobreviventes cuidados a céu aberto da última investida dos falsos cruzados. O homem, no entanto, deixou sua pequena comitiva correr para a pequena praça e afastou-se num largo arco, mandando sua égua trotar sem pressa com estalos da língua.

– Ali vão as hereges – ele murmurou, vendo três mulheres com os capuzes sujos mal jogados sobre as vestes correndo em direção à clareira que cobria a retaguarda da vila, uma quarta continuando apressada no círculo que ele completaria em busca do estábulo mais próximo, cachos morenos escapando de dentro do capuz.

– ALTO LÁ!! – gritou o homem, golpeando a égua para que ela seguisse o menor alvo em vez do grupo, sua espada em riste para a figura que agora corria como se possuída. – PARE, INFIEL!!

– Aaaaahhh!! – a voz da figura encapuzada soou desesperada enquanto se jogava ao chão, desviando da lâmina empunhada assim que a montaria a alcançou, o tilintar enfurecido das armaduras da besta e do homem em uníssono. O cavaleiro obrigou a égua a dar meia-volta com um puxão das rédeas, circulando o monte de roupas sujas que cobria a infiel.

– Levante o rosto – ele vociferou, a espada ainda em riste para a figura. – AGORA!!

A jovem obedeceu-o então, mantendo-se de joelhos e revelando o rosto moreno da cobertura do capuz.

– Nome! – ele mandou, a ponta da sua espada mantendo-se a dois palmos do rosto tenso daquela menina.

– Ca-Catherine... – ela tentou dizer com igual dureza, porém traída pelo próprio terror.

– Revele seus pertences – mandou ele mais uma vez, apontando para um amontoado no colo da jovem, encoberto pelo capuz que ainda vestia.

– Tenha misericórdia de nós, bom lorde – a moça pediu em súplica, abaixando a cabeça e expondo a trouxa de roupas, com roupas pequenas e mantimentos para a fuga interrompida.

– Cale-se – ele grunhiu, desmontando da égua num grande estrondo de metais, sua montaria debatendo-se impaciente. A garota encolheu-se ainda mais no chão, tremendo.

– Lo-lorde, somos apenas uma pequena beguinage, mu-mulheres cuidado dos feridos do burgo. Piedade! – a menina ousou mais uma vez, a voz trôpega.
– Cale-se, eu disse!! – respondeu por fim o cavaleiro com um chute ao lado do amontoado de vestes que era a jovem, fazendo-a cair e expor o rosto sujo de terra e lágrimas. Seus olhos negros arregalados miravam o rosto do cavaleiro em imenso terror.
– Se fossem apenas mulheres não estariam pondo-se em fuga – o lorde grunhiu, guardando a espada em um arco em seu lado livre e logo puxando Catherine para cima pela frente das vestes.
– Por favor, lorde!! – ela tornou a chorar mais uma vez, suas mãos pequenas inúteis por sobre a mão armadurada do cavaleiro tentando soltar-se, as placas dos dedos cortando os tecidos finos e expondo a pele moura da jovem. Debatendo-se para fugir, alguns estalos surdos soaram sob as pernas da menina, o que só a fez abrir-se em choro mais alto. – Misericórdia, Senhor!!
– Chega!! – seguiu o tapa da outra luva pesada do homem sobre o queixo da menina, que caiu para o outro lado, desacordada. A égua, ainda assustada, trotou de leve para longe, abrindo espaço para o corpo caído da jovem.
– Sim, conheço estes sons – ele disse enquanto terminava de puxar a moça para o lado, arrastando-a por um dos braços finos quase sem esforço, expondo os dois livros que caíram por dentro das suas vestes à luz de seu julgamento.
– LORDE, PEGAMOS AS OUTRAS!! – ressoou ao longe a voz de seu escudeiro por sobre murmúrios de terror da vila. O cavaleiro apenas assentiu levantando um punho em riste, abaixando-se então para recolher os dois tomos, pequenos porém robustos, costurados em capas simples sem nenhum adorno. Abrindo-as, viu que eram duas cópias da mesma obra. Dessa vez o "Espelho das Almas Simples" mirava-o de suas duas mãos.
– Srta. Marguerite Porete, mais uma vez nos encontramos...
– o homem ironizou, mirando as páginas finas de um dos tomos

que farfalhavam lentamente com a brisa gelada. As palavras de Marguerite conseguiam brotar dos lugares mais inóspitos, pensou o homem. A defesa de ambos das palavras do Altíssimo levaram-nos por caminhos por demais diversos, e o homem não pôde evitar sentir o calafrio leve em suas costas.

Lembrara-se do porte altivo daquela senhora em meio às chamas que lambiam seu rosto sereno, os prantos de toda a praça tão alto quanto o fogo que a punia por sua reincidente heresia. Os lamentos quase eram maiores que a fogueira, mas nada podiam fazer para salvá-la.

De súbito, uma das frases saltou-lhe aos olhos e junto ao peito. O homem precisou voltar atrás na página e lê-la mais uma vez.

37: Aqui a Alma diz que no Paraíso os pecados dela serão revelados para sua maior glória.

Alma: Senhor, os meus pecados, horríveis e hediondos como o são, são conhecidos de ninguém mais nesta terra exceto a Ti. Mas Senhor, todos aqueles no Paraíso os imputarão não à minha vergonha, mas à minha glória maior. Vendo como ofendi a Ti com meus pecados, Senhor, eles saberão sobre Tua misericórdia e cortesias generosas.

Amor: Esta cortesia dá à Alma paz de espírito, seja fazendo ou falhando em tua vontade, pois a perfeita caridade nunca tem remorso ou gera dor ao espírito. Na Alma, o remorso ou o espírito pesados são nada mais que a falta de caridade, e a Alma é criada para nada mais que versar constantemente em estados de pura caridade.

Ele fechou o tomo, as visões de um passado cheio de culpa para trás. *Precisava* ser um novo homem.

Percebeu-se com o corpo tenso, como se ainda em plena cavalgada. Sua égua, aborrecida, golpeava a terra, rodeando a moça desacordada com um olhar aterrorizado por sobre o horizonte que mais uma vez enrijeceu todo seu corpo.

Aquele dia não era apenas um dia de honesta penitência a serviço do Bispo de Cambrai, ele tinha certeza. Aquelas visões de Marguerite reviveram um homem há muito esquecido.

Foi então que percebeu que os murmúrios que vinham da vila não cessaram com o final da empreitada, mas estavam levemente mais altos que a voz de seus cavaleiros. Logo viu seu escudeiro correndo para alcançá-lo, após uma segunda volta no entorno maior da vila.

– Lorde – ele exclamou ao aproximar-se. – A vila está em polvorosa. Não querem que levemos as suas mulheres. Podes crer?

– Humm... – o homem assentiu apenas, chamando sua égua com um puxar firme de sua rédea. – Isso não é comum, realmente – respondeu o cavaleiro. Mas em se tratando de Marguerite...

– O que encontrastes com a fujona? Mais um dos livros?

– Sim, mais um daquela herege – o homem disse, entregando o tomo para o escudeiro. – Mantenha-o consigo, pois farás a honra de entregá-lo ao Bispo também. É chegada a hora de tornar-vos um homem feito.

– Lorde!! – o rapaz exclamou. – Finalmente, Lorde! Não irei desapontá-lo!

– Eu sei, garoto. Agora vá! – disse o cavaleiro, mandando o jovem de volta para a vila com um tapa firme no lombo de seu cavalo. Enquanto o via afastar-se, colocou a moça desmaiada sobre sua sela, voltando lentamente a pé para a vila.

A cada passo, sentia o outro tomo aninhar-se entre as placas da armadura e a malha em seu peito junto à sua cruz, imperceptível em seu volume pela sua larga estatura, pesando sobre o corpo por não ter evitado a leitura daquelas palavras. Porém, em sua alma, sentia-se leve novamente.

Visto que assim que decidira levar um dos tomos consigo, seu peito retomou uma paz de espírito que há anos não sentia e a tensão da égua amainou-se, Guiard agora se via sem outra opção a não ser continuar secretamente aquela leitura.

– Que meus pecados sejam para a Tua Glória, Senhor – ele murmurou em sua pequena súplica.

A última cruzada de um templário

Por Bruno Provazi

Cavalos relinchavam por todos os lados, os sons do aço se chocando e reverberando mesclados aos gritos de fúria e dor dos homens compunham aquela cena em meio à noite escura. As chamas podiam ser refletidas no aço das espadas e nos olhos daqueles que ainda estavam vivos. Em meio a uma multidão de cavaleiros com armaduras e mouros com suas cimitarras, uma mulher ajoelhada chamava pelo seu filho perdido em meio àquele tumulto caótico, chorando e com sangue de tantos guerreiros no rosto, que ganhavam o ar a cada golpe de espada desferido. Por fim o pranto dela cessou, pois o som de aço cortando o ar teve como fim o corpo dela que, sem vida, tombou na lama.

Ofegante e suando frio, um homem de meia idade despertou e se levantou abruptamente de sua cama de palha. Conseguiu se recompor um pouco ao ver sua mulher dormindo ao seu lado, tomada por um sono tranquilo. Mais adiante, seus filhos também dormiam e isso o tranquilizou ainda mais. Agitado, decidiu ir arar o campo. Assim, quem sabe, esqueceria um pouco as cenas de um passado que não mais queria recordar.

Para ele, a vida simples que tinha agora, com uma mulher que amava e filhos que adora ver crescer, era o que bastava. Já tinha muito, pois tinha terras e, naquele tempo de 1312, no norte da França, valiam ouro. Cultivava e vendia produtos na feira local. À noite, sentava na mesa para jantar com eles e riam durante boa parte da refeição. Nunca imaginara em sua vida ter família.

Naquela noite decidiu esquecer seus pesadelos e, após seus filhos dormirem, amou sua mulher como se não houvesse amanhã. A bela Sara! Ele a havia conhecido logo após sua chegada clandestina no vilarejo há anos e se apaixonou pelos seus olhos verdes. O amor por ela fez romper com sua ordem e juramento.

Dormiu sem pesadelos aquela noite. Porém, como desejou mais tarde que tudo o que viria a acontecer fosse apenas mais um cruel pesadelo!

O ranger de tábua do piso de sua cabana de pedras, tocou-lhe os ouvidos e a cada novo ranger a realidade o despertava. Por fim, um ranger mais forte o despertou, seguido por um forte golpe que o retirou da cama, sendo atirado para junto da lareira. Sentiu o sangue escorrer por sua cabeça e quando abriu os olhos, viu um vulto negro diante de si, que avançou sobre ele. O som do aço da espada batendo na cota de malha fez o camponês perceber não ser um ladrão comum, mas um cavaleiro.

O tal vulto aproveitou que ele estava cambaleando e o ergueu. O camponês pôde ver sua família ser capturada por outros homens que se espalhavam pela casa. As crianças choravam e a sua mulher Sara, era um misto de medo e preocupação pelos seus filhos. O camponês e Sara se olharam. Estavam bem, ao menos por enquanto.

– *Sir* Jacques DeLorey! Nós o caçamos há muito tempo! – dissera o vulto diante do camponês. – Creio que quebrou seus votos de castidade, mas escolheu bem! Uma bela mulher!

– Não toque neles! Você pode me levar, mas não toque neles! – pedira Jacques com um tom de raiva e suplício.

O vulto então revelou seu rosto à luz do lampião. Jacques já o havia visto em sua noite de fuga de Paris em 1307, quando soldados do Rei Felipe IV invadiram a sede de sua ordem templária na calada da noite. Muitos dos que foram capturados acabaram na fogueira por ordem do Papa Clementino V. O caçador diante de si era um homem do Rei.

– Eu represento Deus e nosso Rei! Eu decido quem vive e quem morre! Não você! – dissera secamente o invasor. Estas palavras foram as últimas que Jacques ouviu antes de ser novamente golpeado por algo pesado e de perder a consciência por completo. Mas a voz longínqua de sua mulher parecia viver em sua mente ainda.

Ao ouvir o grito de Sara chamando por seu nome, despertou da escuridão abruptamente. Quanto tempo havia passado? Onde estava? Onde estavam sua mulher e filhos? Movimentos constantes e o som de cavalos e da roda girando denunciaram que ele estava numa carroça, fechado numa jaula de madeira e metal. Havia uma pequena janela ao fundo com uma grade, por onde a luz do sol começava a entrar. Já havia passado algumas horas no mínimo, pois ainda era noite quando fora capturado. Levantou-se com dificuldade e foi até a janela. Atrás javia um cavaleiro em sua escolta apenas e, na dianteira, pelo som que ouvia, havia mais um cavaleiro além do que conduzia a charrete. Então ao menos três inimigos a abater.

Tentou forçar a porta, mas as dobradiças estavam ainda firmes. As grades também. Mas tinha que escapar. O fato de sua família não estar presa também naquela comitiva o afligiu de forma impactante.

Sentou-se no fundo da charrete para pensar num plano e sentiu, com um dos pés, por debaixo da palha no piso, uma madeira solta. Rapidamente retirou a palha e, com força, puxou a madeira úmida, conseguindo aumentar o vão. Forçou outra e novo sucesso.

Vindo atrás da carruagem que levava o prisioneiro, o cavaleiro francês, a cavalo, seguia calmamente sem imaginar o que estaria para acontecer. Surgindo inesperadamente ao seu lado, Jacques o derrubou e, sacando a própria espada do cavaleiro, o degolou sem hesitar. O cavalo relinchou e atraiu a atenção dos outros dois que seguiam à frente, mas Jacques, com sua experiência e voracidade, avançou antes que o cavaleiro que estava de mãos livres pudesse sacar sua espada. Quando percebeu, o cavaleiro já havia sido golpeado. O condutor da charrete sacou sua machadinha, mas também não teve tempo de reação e, com um forte golpe no peito, caiu aos pés de Jacques:

– Onde está minha família? Responda, maldito!

– *Sir* Déodat ordenou que não os levássemos. Ele ficou com alguns cavaleiros na sua casa após nossa partida. Iria seguir para Paris depois. É tudo que sei – o cavaleiro quase chorava. – Não me mate! Você foi um cavaleiro também, *Sir* Jacques!

Jacques o olhou fixo nos olhos:

– Tem razão, eu já fui. Não sou mais! – com um único golpe, atravessou seu coração e viu a vida lhe deixar o olhar.

Parou, observou ao redor e reconheceu o local. Estava há cerca de 3 horas de sua fazenda. Correu até o cavalo e partiu na direção de seu lar. A voz de sua mulher e filhos cresciam em sua mente, em suas lembranças e em seus temores. Temores estes que a cada curva aumentavam em seu peito.

Avançou pela estrada de acesso que conduzia até a entrada de sua casa de pedras e madeira, saltou ainda em movimento do cavalo e avançou pelo interior de sua casa:

– Sara! Sara! – gritou seguidas vezes, mas sem resposta. – Crianças! Guillaume! De*sir*é! – ainda sem respostas. Então calou seu chamado de súbito. Caiu de joelhos no piso de madeira, sem forças.

Diante de si, com suas roupas rasgadas e vários ferimentos na alva pele, estava Sara. Sem vida, fora abandonada no piso frio.

Sem vida, seus olhos verdes pareciam se fixar em Jacques e o atraíram para junto dela. Jacques segurou-lhe as mãos e não conteve lágrimas em seus olhos, que escorriam pelo rosto sujo com terra e sangue coagulado:

– Vou achar nossos filhos! Prometo, meu amor! – sussurrou, fechando os olhos dela e reunindo as poucas forças que ainda tinha para se levantar.

Cambaleante, atravessou a cozinha e derrubou um armário no chão de madeira, quebrando a pouca louça que tinham. Atrás do armário, uma cavidade na parede guardava algo que reluziu aos poucos raios de sol que entravam pelas frestas no telhado e janelas. Era algo prata, gasto por muitos anos de uso. Era o aço de sua espada templária, que tirara muitas vidas outrora e que, agora, cumpririam novamente seu destino. Vestiu sua cota de malha e colocou sua espada na bainha, presa à cintura.

O tempo era crucial. Se quisesse alcançá-los antes que chegassem a Paris, teria que cavalgar durante toda a noite. Se chegassem à Paris, jamais conseguiria avançar frente ao batalhão de cavaleiros que seguia Déodat.

Olhou para sua mulher sem vida no piso de madeira enquanto avançava pela porta dos fundos. Os pensamentos sobre o quanto ela sofrera nas mãos dos bastardos e sobre a culpa de tudo aquilo de certa forma ser sua o consumia. Nunca mentira para ela sobre seu passado, mas colocar as pessoas ao redor em perigo parecia sua predestinação. Respirou fundo e partiu para tentar salvar o pouco que lhe restava.

Sobre a montaria que roubara, partiu pela única estrada que poderia seguir se quisesse chegar a Paris. Já deveriam estar quase um dia à frente e ele não poderia se dar ao luxo de descansar à noite. Sob a lua alta, avançou exigindo tudo o que podia do belo animal. Rastreou os passos da comitiva que esperava estar com seus filhos, até que o rastro, na noite seguinte, terminou num pequeno castelo, que já tivera glória no passado, mas que as guerras haviam transformado numa hospedaria e bordel.

Nas sombras, Jacques realizava sua vigilância e tentava estimar quantos cavaleiros e guardas se encontravam no local. Tinha a experiência, o treinamento e a fúria, no entanto, já era um homem de meia idade que cavalgara sem comer ou beber por duas noites. Mas havia feito uma promessa e um cavaleiro templário não quebrava suas promessas. Cravou a espada na terra e, com a cruz da espada em sua face, rezou como não fazia desde que abandonara a ordem pelo amor à Sara:

– Senhor, me ajude a salvar meus filhos! Faça o que quiser de minha vida, mas proteja as deles!

Ergueu os olhos e fitou nos guardas. Sua batalha final começaria.

No grande saguão com altas colunas, transformado em taberna repleto de mesas de carvalho antigo, os cavaleiros do Rei Felipe IV se embebedavam com vinho, brigavam entre si e desfrutavam das belas mulheres do local, com seus vestidos reveladores e sede por dinheiro dos cavaleiros.

Sentado no fundo do salão, no que outrora fora um trono nobre dos antigos proprietários, estava *Sir* Déodat, bebendo uma caneca de vinho e cercado por várias mulheres, com pernas e colos expostos de forma provocante. Volta e meia segurava uma pelos cabelos e a beijava abruptamente.

Havia alguns músicos tocando alaúde no fundo do salão, cuja música agitada se mesclava ao falatório e som de brigas eventuais. Mas a mistura de sons foi aos poucos sendo substituída por gritos de dor que logo se calavam e se sucediam, vindo no corredor de acesso. A atenção de todos foi voltada para a porta de entrada, que logo foi aberta por um cavaleiro sujo de sangue, com sua espada vermelha pelas vidas que tirara: era *Sir* Jacques. Seus olhos buscaram Déodat, mas se detiveram ao ver seus filhos presos ao fundo. Estavam vivos!

Déodat sorriu. Sabia que Jacques viera por vingança e se levantou, empurrando algumas mulheres ao chão e erguendo sua espada.
– Ela foi maravilhosa, Sir Jacques! Morreu com prazer, posso afirmar! – dissera Déodat provocante, avançando para o meio do salão. – Ninguém interfira! Ele é meu!
Jacques controlou sua fúria. Queria salvar seus filhos, mas, para isso, deveria eliminar Déodat. Sem delongas, ergueu sua espada e o golpeou. Faíscas ganharam o ar e foram seguidos por novos golpes e defesas de ambos. Templário versus Realeza!
Há muito Jacques não manejava a espada e era nítido o quanto Déodat era superior. Ágil e feroz. Ardil e manipulador. Assim, derrubara a espada das mãos de Jacques e o lançara ao chão. Com a ponta da espada na garganta de Jacques, Déodat sorria.
– Irá se juntar no inferno com aquela meretriz! – rugia Déodat, se preparando para o golpe fatal.
– O nome dela... – Jacques sacou uma adaga e perfurou o coração de Déodat. –...era Sara! Maldito!
Sem compreender ao certo o que ocorrera, Déodat tombou de joelhos diante de Jacques, que, com os pés, o jogou sem vida no piso frio. Os outros cavaleiros ficaram atônitos e, calmamente, Jacques foi até seus filhos e os libertou. Se abraçaram intensamente.
– Vamos sair daqui! – com ambos envolvidos em seus braços, atravessou o salão diante de todos e desapareceu pela enorme porta de madeira.
No dia seguinte, enterraram Sara e ficaram por um bom tempo diante do túmulo, não querendo se despedir. Por fim, Jacques abraçou seus filhos.
– Temos que ir agora! Eles nos acharão novamente! Ela estará sempre conosco!
Com lágrimas nos olhos, sentaram numa charrete e partiram deixando um pedaço de uma vida para trás.

No coração do mundo

Por S. F. Abdalla

O vento sopra forte, feroz e incontrolável, tanto que o caminhar torna-se um exercício pesado, difícil. O açoite que Goldar sente em seu corpo, impiedoso e cortante, nem parece ser dado por algo por vezes tão singelo como o vento, porém o é, e maltrata, machuca, dói assim que encontra sua pele.

Ele continua a se arrastar, mesmo com a neve a tirar sua visão. Tenta levantar a sua cabeça, mas os elementos dominam tudo, controlam o ambiente, subjugam o gigante do deserto, que mesmo com todo o esforço para alinhar seu olhar, não consegue muita coisa... como chicotadas enviadas pelos deuses, frios e poderosos ventos carregados de gelo e medo o forçam a olhar para baixo, o forçam a uma entrega que ele tenta negar a cada passo. Cristais de gelo, ferozes, levados pela tempestade, rasgam a pele do guerreiro tão logo tocam seu corpo. A carne, o sangue a verter do corte, rapidamente o precioso líquido vital congela-se. O horizonte torna-se desfocado à sua frente, luzes e sombras se alternam em um bailar fora do natural, que só pode ser contemplado e temido em sua própria mente. Por um instante, instintivamente Goldar leva a mão à bainha de sua espada, como em uma última explosão de energia, em uma tentativa de repudiar inimigos que reinam em um território nunca explorado, em um reino entre o real e o imaginário. Seus olhos, vacilantes, incrédulos, dizem a ele que está cercado, entretanto, logo em seguida, mostram que são apenas massas de gelo a bailar ao seu redor. Confusões que só o enfraquecem.

Seu corpo sente as agruras do clima, sua pele racha e seus membros congelam expostos ao frio. Nem mesmo a capa consegue atingir seu objetivo. Tanto tempo de uso a deixara extremamente desgastada, um manto de couro e pano, há muito preparado para servir em outro ambiente, onde o sol reina e o vento carrega a vida e não a morte, um manto que, ensopado e congelado, torna-se mais um fardo a ser carregado do que uma solução a ser mantida e, assim, inconscientemente, o grande guerreiro o deixa para trás, lançando-o na ventania. Com torcidas fortes e fazendo sons agudos, o velho manto é arrastado pelo ar, voa rapidamente na planície, sendo puxado como por mil mãos invisíveis, de lá para cá, de baixo para cima, até começar a se desfazer em inúmeros pequenos pedaços. A última barreira foi vencida, e a natureza já começa a reivindicar a vitória enquanto o forte guerreiro, já vacilante, cambaleia em direção ao chão. Mais alguns passos são dados, com mais dificuldade do que todos os outros. O braço já erguido no ar busca o refúgio que só o inconsciente oferece. Os dedos congelam, e a respiração fica mais difícil, por vezes até dolorosa. O ar gelado maltrata, fere as narinas do colosso, queima sua pele acostumada a ares mais mornos. Enrijece sua carne como em mágica. As pernas já não sustentam mais o pesado corpo, gelado, rígido. Contudo, por um instante, os sons da ventania cessam, eles dão lugar ao silêncio de um vazio, um vazio na mente, no corpo. Subitamente batidas são escutadas, sentidas, batidas de um coração que teima em não parar, mas entra em descompasso, em colapso, e então uma dor aguda invade seu corpo, uma fisgada, rasgando o bruto peito, tudo então para, nem som nem dor, nem frio ou calor. Nesse instante Goldar escuta risadas, vozes amigas de um passado, de um grupo que há muito foi deixado para trás, uma leve brisa campal é sentida e o som da água a descer corredeira abaixo invade seus ouvidos, dividindo espaço com os sons das longas conversas com seus companheiros. Logo ele se percebe caminhando em campo aberto, sentido o frescor da brisa, a maciez das gramíneas e o cheiro da terra úmida e, então, do campo para as ruas, cada vez mais estreitas, e delas para túneis, que sufocam e guardam lembranças de dor, de pena. Lembranças de um passado mais que saudoso, desejado, contudo, que agora não importa mais. O manto branco se abre à sua frente, por um segundo o dilacerante frio é sentido uma vez mais, para não mais importunar. Tudo fica simples, turvo, leve e, finalmente, escuro.

A queda é brusca, as pernas travam e o corpo já imóvel se projeta para a frente, em direção ao chão, ao destino inevitável daqueles que desafiam o desfiladeiro branco, terra sem reino, rogada aos confins do mundo conhecido, mantida e vigiada apenas pelos deuses em seu mais ardente desejo de poder. Quando subitamente o corpo para sua queda, o guerreiro paira suspenso no ar. Seu corpo é apoiado, seu braço passado em volta de um pescoço desconhecido, que o sustenta, o esquenta e tenta reanimá-lo, já sem sentidos.

– Acorde! Não resolva descansar logo agora. Morte é redenção, já dizia um velho e sábio amigo – fala o desconhecido, com uma voz rouca e grave, que penetra Goldar profundamente, tocando em seu coração, inflamando-o de vida mais uma vez.

O guerreiro parece não acreditar no que escuta. As palavras se repetem em seus ouvidos, martelando mais e mais, como um hino de guerra entoado antes de uma grande batalha. Ele tenta com dificuldade levantar sua cabeça, recobrar seus sentidos que ainda estão turvos e desconexos. Sua pele, queimada pelo frio, lancina de dor, enquanto seus olhos enevoados enxergam apenas o branco, não se sabe se do chão aos seus pés ou então da cegueira da neve que com frequência atinge os incautos viajantes dessas terras. O calor de um corpo próximo lentamente vai reanimando-o, fazendo com que o torpor causado pelo frio intenso seja lentamente deixado para trás, assim como as lembranças, como a neve que atravessou, o vento, o frio, tudo isso substituído por uma breve e morna presença. De súbito uma parede surge à sua frente. A pessoa que segurava Goldar o deixa encostado enquanto um grosso manto, com certeza de couro, preso a uma abertura, é puxado de lado, fazendo com que uma brisa quente e revigorante passe e atinja seu corpo. Como em uma luta contra o frio, a brisa reclama o gigante que, com um puxão forte, é colocado de frente para esse novo ambiente, quase um oásis de calor no meio do reino do eterno frio.

– Um abrigo! – logo pensa Goldar. – Um alento! Mas, afinal, onde estou? – resmunga o grande andarilho com uma voz fraca e trêmula.

Ainda trôpego e escorando-se nas paredes firmes do local, Goldar dá mais alguns passos. O vento urra forte atrás dele, como se reclamando seu troféu perdido. A cobertura da porta se debate com a fúria do elemento derrotado. A neve tenta entrar passando pela grossa pele estrategicamente colocada na passagem que dá acesso ao recinto. Flocos brancos ainda marcam o chão logo após a entrada, todavia, por pouco tempo, apenas o suficiente para cair no piso deixando com que o calor do local envolva-os e derreta-os com implacável determinação. Mais alguns passos, o calor cora sua pele novamente, esquenta seus membros adormecidos pelo frio e faz com que seus sentidos voltem a se avivar. Os sons que Goldar escuta não são mais apenas os do vento a açoitar seu corpo. O odor, não mais da pura água congelada, sons de música se abrem aos ouvidos do relutante andarilho. O balbuciar de um sem número de pessoas que resolveram conversar todos ao mesmo tempo, se misturam com o som de passos sendo dados de lá para cá. Com o braço esticado, Goldar tenta se segurar em algo, se aproximando mais e mais do centro do local. Gargalhadas e longos suspiros, passos e tapas, e misturado a tudo isso, um odor acre, um cheiro pesado de vinho e sebo.

– Taberna! – Quase incrédulo, Goldar firma sua cabeça ao alto e observa fixamente o ambiente. – Mas como? Um porto seguro no meio do nada? Nossa! Que sorte, mas... – Nesse momento volta-se para trás.

– Mas quem? Quem me ajudou? Onde está essa pessoa? – a mente já ativa do guerreiro faz com que procure seu salvador, todavia em vão. Não há ninguém à porta, não há marcas no chão.

Goldar se recompõe e vai rapidamente até a entrada, puxa o manto grosso e nada, apenas a imensidão branca, com ventos fortes a brincar com a neve do lado de fora. A noite já vai se preparando para dominar o ambiente e além disso, apenas o uivo forte da tempestade anunciando sua chegada.

Novamente os sons chamam a atenção do guerreiro que se volta para o centro deixando mais uma vez o manto cair e lacrar a entrada da taberna. Seu olhar, mais calmo e contemplativo, observa agora um longo balcão em um dos lados do grande ambiente. Com um pé direito alto, a taberna se divide em duas, piso e sobre-piso, com uma passarela rodeando quase completamente a estrutura pela parte de dentro, e uma sinuosa e longa escadaria de madeira escura dando acesso a inúmeros quartos nessa parte do recinto. Logo abaixo, perto da escadaria, uma grande e reforçada lareira, queimando sem parar, fornece o calor para todo o ambiente. Risos e gargalhadas são percebidos na parte superior, enquanto mulheres seminuas trafegam lá e cá servindo aos homens e algumas mulheres também, de uma forma ou de outra. Do lado oposto à lareira, um canto coberto de almofadas sendo utilizadas por aqueles mais apressados, uma mistura de corpos e formas.

– É, com certeza melhor aqui do que lá fora! – pensa Goldar.

O guerreiro vira-se para o lado do balcão e com poucos passos logo se encontra a beira dele. Sua pesada mão bate na madeira que ressoa e chama a atenção do mestre taberneiro, um senhor já com avançada idade claramente denunciada pelos longos cabelos brancos. Contudo, um robusto homem, com uma estatura que rivalizaria com a do próprio Goldar. Vem se aproximando limpando uma caneca. Ele ergue a cabeça e sorri para ele ao se aproximar.

– Já faz tanto tempo!... – Fala o taberneiro.

Parado a frente do guerreiro, o taberneiro cruza seu olhar com o do errante andarilho. Um frio corre na espinha de Goldar. Uma clara denotação de que essa figura não lhe é totalmente estranha. O tom castanho dos olhos, as expressões no rosto, as curvas da face... o sorriso. Então o taberneiro fala:

– E então, velho amigo? O que vais querer? Seria o de sempre? – inclinando para a frente, o taberneiro segurando a caneca de vidro, afunda-a em um grande barril destampado. Ainda com o braço escorrendo, mas com a caneca completamente cheia, ele estica seu braço em direção a Goldar.

– Tome! Aqui esta seu pão d'água!

Goldar, descrente, fita seu interlocutor.

– Eu o conheço, mas de onde? Nunca tinha estado ali antes, não poderiam tê-lo conhecido aqui – onde estou? – A mente do grande guerreiro não consegue encontrar as respostas. Sua dúvida só aumenta quando a caneca de vidro cheia de pão d'água é colocada no balcão à sua frente. Então o taberneiro continua:

– Eu estava a sua espera. Achei que chegaria antes, mas não importa, contratempos acontecem. Vou aceitar! –então o taberneiro se vira, indo em direção ao fundo da taberna, abrindo o caminho para a visão de Goldar até a parede à frente.

Quase sem perceber, Goldar não sente sua mão deslizar sob o balcão de madeira e segurar na alça da grande caneca. Seus olhos então correm lentamente para baixo, enquanto seus dedos cerram fortemente o objeto. A espuma, a cor escura de um amarelo amarronzado do líquido contrasta com a clareza e o brilho da caneca de vidro. Então Goldar leva a caneca em direção à boca, preparando-se para dar um longo gole, quando subitamente para, seus olhos fixos e arregalados observam um aviso pregado na parede ao fundo, atrás do balcão. Um pedaço mal cortado de pergaminho, preso na parede pelas pontas com cera derretida. Nele linhas traçadas de forma irregular desenham uma face, um decalque do que deveria ser uma pessoa, contudo, para o guerreiro, a imagem mal desenhada é familiar. Sua mente ativa-se rapidamente, busca imagens que possam confirmar sua suspeita. É nesse instante que os olhos do gigante percebem que há algo mais além de linhas geométricas a formar um rosto. Um texto compõe o aviso: "Guerreiro procurado, recompensa garantida".

– Mas o quê? – Goldar se questiona altivamente enquanto cai em si, percebendo que na realidade o rosto desenhado no aviso é o seu!

A caneca é colocada bruscamente sobre o balcão. Parte do conteúdo espirra para todos os lados.

– Como pode, eu? Procurado? Caçado? Não fiz nada! De que crime sou acusado? – Insiste o agora atordoado guerreiro.

Rapidamente Goldar procura a velha figura do taberneiro atrás do balcão para que este possa responder a sua pergunta. Contudo, o que encontra é um velho, com um sorriso sarcástico no canto da boca a beliscar alguns pedaços de carne. Sons firmes são escutados no ambiente. Já não são sons de conversa ou de música. Apenas de mesas sendo postas de lado, cadeiras sendo arrastadas. O som do metal não tarda a se fazer presente também, com um sem número de lâminas sendo desembainhadas.

– Como pode fazer isso, que mal lhe fiz? Não sou criminoso para ser tratado assim! – fala Goldar com um tom mais duro. – Você..., sim, agora me lembro, mas como pode...
– Sem mais ou menos, meu rapaz – replica o taberneiro. – Acreditavas que seria tão fácil assim, é? Se tu achavas que serias esquecido, errou. O tempo não apaga as pegadas da areia, só prepara o caminho para novas trilhas...
Nesse momento Goldar abaixa sua cabeça. Como se carregasse sobre ela o peso de uma vida inteira, o gigante tenta entender o que está acontecendo. Em uma hora está quase morto, na pior e mais perigosa região do mundo conhecido e, inexplicavelmente, do nada é salvo para logo depois viver isso! Ele fecha por um instante seus olhos, balança lateralmente a cabeça como querendo negar o momento, então paulatinamente Goldar vai abrindo seus olhos e, no reflexo da grande caneca, cheia de pão d'água, várias sombras se levantam e caminham em sua direção, onde ainda permanece de costas, apoiado no balcão. Os olhos do guerreiro agora se fixam no vidro da caneca que segura em sua mão. Passos, vários passos são dados, escutados, como em uma marcha com mil soldados. Os sons das armas sendo desembainhadas, movimentadas, invadem o recinto. Veem-se algumas mulheres buscando suas vestes no chão e correndo para o fundo do estabelecimento, na ponta de seus pés. O fogo crepita com mais força por um instante, houve-se o estalar da madeira ainda verde a queimar na grande lareira. O ranger de portas, o balançar do forte manto de couro na entrada. Tudo isso, pequenos sinais no ambiente, e após isso tudo apenas uma voz.
– Então, se é o que resta, se é isso que me espera, bom... que seja! – e sem anunciar mais nada, prendendo a respiração, Goldar leva sua caneca a boca e em um longo e poderoso gole derrama por completo o líquido em sua garganta. Cada gota é aproveitada. E, girando sobre si mesmo, Goldar encara a legião de mercenários que o cerca na taberna.

Três fortes guerreiros se destacam do grupo. Saindo à frente, partem para cima de Goldar armados. Logo, o primeiro pula em uma mesa próxima, no intuito de ter uma clara vantagem sobre o guerreiro acuado de costas para o taberneiro. O segundo se posiciona à direita, saca sua espada e arma sua guarda enquanto se aproxima. Sendo flanqueado também pela esquerda, Goldar passa rapidamente a vista nos três e percebe o terceiro inimigo a se aproximar, de posse de uma rede aparentando ser tecida com metal. Gritos são percebidos, olhos ferozes se lançam contra o encurralado guerreiro, olhos emoldurados por faces rudes e cheias de cicatrizes.

– Ele é meu! – grita o primeiro, saltando da mesa de onde se encontrava ao arremessar em direção a Goldar a lança que apontava para o colosso do deserto.

– Mas nunca! Esse prêmio será meu, sim! – Ovaciona um segundo, ao jogar quase simultaneamente ao primeiro, sua rede, que com facilidade se abre em uma grande e golfante teia.

Com os dedos ainda cerrados na vazia e reluzente caneca de vidro, Goldar olha fixamente para seu primeiro alvo. Estranhamente ele ainda mantém sua calma, observando os movimentos quase em câmera lenta. Com uma clareza ainda não experimentada em qualquer outro momento, tudo no inimigo é analisado. Os braços esticados, a arma saindo da mão em sua direção, tudo em uma fração de segundos e, então, como se tivesse uma funda presa a seu braço, Goldar arremessa sua única arma, tentando desequilibrar seu algoz. Como uma estrela que corta o céu, a caneca reluz velozmente até se estilhaçar na face do inimigo. Fagulhas de luz são percebidas em várias direções proporcionadas pelos inúmeros pequenos pedaços de vidro, um urro de dor e logo após gotas de sangue se espalham no ar. O corpo, como se ricocheteasse pelo ar, volta seu percurso bruscamente. O som seco do corpo tocando o chão quase nem é percebido e, logo após isso, outro guerreiro substitui o tombado.

Aproveitando o movimento de seu novo atacante, em um gesto sinuoso, Goldar se desvia rapidamente da lança, contudo, ao perceber a rede à sua frente já não encontra tempo e espaço para uma segunda resposta. Tão rapidamente como se desvencilhou do primeiro inimigo, agora se vê preso nas redes do segundo. Pinos de ancoramento, colocados estrategicamente nas pontas da rede, logo se prendem a madeira do balcão, fazendo com que as linhas se firmem no corpo do gigante. Os olhos de Goldar, descrentes, observam a situação. O terceiro guerreiro, e o mais relutante até então, percebe sua chance, o momento em que a única coisa a ser feita é reivindicar seu prêmio, seja exigindo a rendição ou apenas estocando a presa acuada. Então ele se lança em direção a Goldar, que, inesperadamente, em vez de forçar sua saída rasgando a rede que o prende, simplesmente junta seus pés e, em um forte movimento joga seu corpo para trás do grande balcão, torcendo a rede, arrancando os ganchos da madeira e golpeando o inimigo já sem ação que se aproximava correndo. O corpo do algoz é lançado para trás, seus braços se abrem, sua arma é arremessada, seu corpo cai ao chão inerte, desacordado. Goldar, atrás do balcão, agachado, acuado, retirara rapidamente a rede de seu corpo, jogando-a para o lado. Nesse instante, sons secos são percebidos, como se pés batessem na madeira firme ou, no caso, como se uma multidão subisse a bancada. Grunhidos, quase rosnados são emitidos pelos mercenários à frente. O gigante apenas levanta seu olhar rapidamente e então, de súbito, erguem-se passando seu forte braço rente ao tampo do balcão, alguns saltam desequilibrados e caem para trás, fazendo com que alguns outros mercenários tombem também. Contudo, um desafortunado tem suas pernas levantadas no ar pelo braço do poderoso guerreiro e cai à sua frente em cima do balcão. Goldar então, firme e rápido, o pega, o ergue e arremessa seu corpo em debate em direção à massa que se ergue. Durante o trajeto, o desafortunado solta um berro e, então, o que se ouve é o som dos corpos sendo arrastados para o chão devido à situação. Por um instante Goldar respira fundo, tem seu tempo para pensar, para sentir o sangue fluir em suas veias, o ar penetrar em seu pulmão, os músculos se prepararem para o próximo ato.

Um cheiro diferente impregna o ar nesse momento, no instante em que Goldar se prepara para desembainhar sua espada. Um cheiro forte e característico. Ele se vira rapidamente para sua esquerda, seguindo o rastro do cheiro, quase como um lobo selvagem, quase como uma fera que segue o rastro do alimento, e o que percebe o paralisa por segundos, surpreendendo-o, intrigando-o. O velho da taberna, o senhor de calorosa recepção e da estranha risada, sentado em um dos cantos, a beliscar pedaços de carne recém-retirados do forno, ainda quentes, esfumaçantes. A cena, por um segundo, tira a concentração de Goldar. Novamente sons de pés a pisar fortemente a madeira do balcão são escutados. O guerreiro se vira rápido, cerra seus dedos na bainha – quatro, seis ou dez mercenários projetam-se em cima do balcão, armas em punho ou sendo desembainhadas – as luzes cintilam dentro da taberna, o som de muitas respirações que quase entram em sincronia, uma lufada de ar quente percorre todo o recinto, Goldar então, inesperadamente vacila, cambaleia, desequilibra-se, tonto, com vista embaçada, com falta de ar. Um dos joelhos logo vai ao chão e, em cima dele, a mão que deveria segurar a espada agora tenta sustentar o corpo. Sua mente não raciocina mais como deveria, ele tem certeza que mercenários estão prestes a desferir o que pode ser o último golpe, mas o corpo não responde às ordens de se levantar, de lutar, de reagir. Uma vez mais o gigante sente-se impotente. Os ombros pesam, como se o peso de um mundo inteiro caísse sobre eles e, sem recusa, o corpo cede um pouco mais. Buscando uma energia dentro de seu interior, Goldar ergue sua cabeça, gira pesadamente seu rosto

para a esquerda, em direção ao velho e, nesse exato momento, o taberneiro se pronuncia:
– Parem! – fala em tom mais rígido o velho senhor. – Parem agora mesmo! E isso não é um pedido!
Um a um os mercenários diminuem a velocidade, um a um vão parando suas ações. As armas são abaixadas e seus corpos voltam a ficar imóveis e eretos. Com semblantes cerrados, cada um deles olha para o taberneiro, segurando seus mais fortes desejos de continuar, de pular para trás do balcão e terminar a contenda. Fazem isso como se soubessem que se não seguirem as ordens, não irão viver o segundo seguinte para se arrepender.
– É bom que fiquem calmos aqui e agora tudo acabou! Não há mais por que lutar, pelo que lutar. O prêmio é meu! – pronuncia em um forte berro o velho. E ele continua.
– Eu disse a vocês que o derrubaria sem levantar uma arma, não disse? Hahahahah... – e então a gutural e forte risada se propaga por todo o recinto. Rápida e secamente as palavras são ditas e, simultaneamente a isso, a mente já falha do guerreiro ainda tenta um entendimento, uma solução.
– A bebida! – E tão logo Goldar entende isso, falando já com sua língua pesada e os sons saindo de sua boca já enrolados, ele cai ao chão com sua vista coberta pelo véu negro do desconhecido, com seus músculos já totalmente relaxados, entregues ao nada, com seu corpo jogado completamente ao chão. Nem sons, muito menos sentidos são percebidos pelo aventureiro nessa ocasião, apenas uma tranquila escuridão domina o gigante.
– Só há duas maneiras de prosseguirmos no caminho da vida: ou buscamos o nosso destino ou deixamos ser alcançados por ele. Na primeira opção, decidimos quais batalhas iremos lutar, quais podemos ganhar e quais vamos perder; na segunda, somos meros fantoches, marionetes dos deuses. Não escolhemos, não decidimos, não optamos. O livre arbítrio é deixado para trás

e o que se descortina à nossa frente são meramente os desejos de outros. Você se negou a buscar o seu. Agora, foste alcançado – e, com essas palavras, tudo se encerra.

As mesas são postas mais uma vez, as mulheres descem e são acolhidas cada uma por viris homens sedentos de seus carinhos, a lareira volta a ser alimentada, a música ecoa pela taberna. O velho taberneiro retoma o seu ofício até que, de súbito, a grossa pele que fecha a entrada é levantada, um braço forte e marcado por cicatrizes desponta para dentro, e uma figura bem protegida do frio adentra o local. Visivelmente armado, o indivíduo para logo a dois passos da entrada. Solta a cortina de couro que pesadamente desce para mais uma vez selar a entrada e impedir que os fortes e frios ventos adentrem o recinto. Com um grosso manto de pelo de urso, a pessoa passa seu olhar demorado por todo o ambiente, que parece quase ignorar sua presença, nesse primeiro instante. A figura então se aproxima do balcão, estende sua mão direita sobre a bancada, enquanto com a esquerda retira o grosso capuz, liberando seus longos, louros e esvoaçantes cabelos, deixando que sua bela face se mostre.

– Taberneiro?! – fala a mulher em um tom forte e direto. – O que há de bom para oferecer a uma guerreira em viagem por essas terras geladas? Algo que possa esquentar meu sangue e reanimar meu corpo pelo menos!

O taberneiro se aproxima limpando uma caneca em suas mãos. Na frente da guerreira e com um sorriso no canto da face, olha para ela e diz:

– Hahahaha! Então queres algo para esquentar o sangue? Então está certo! Vou lhe oferecer a especialidade da casa! – então o taberneiro afunda a caneca de vidro em um barril atrás de si cheio de uma bebida encorpada, levanta seu braço ainda escorrendo com o excesso e olhando para além da figura da guerreira, e como se desafiando os que atrás dela se encontram, gargalha! Hahahaha...

Reza a lenda

Por Becky Falcão

Enquanto os cabelos da heroína de Osraige tremiam ante o receoso vento; os brutais invasores não tardavam em sentenciá-la a morte, apressados para sufocar qualquer resistência irlandesa contra a dominação de suas terras. Contudo, morrer em batalha pelo que se acredita era um destino mais do que esperado para uma filha do Samhain, que sempre produz indivíduos de coragem e vontade tão fortes quanto o crepitante fogo que ilumina o caminho dos vivos e afugenta os maus espíritos de volta para o véu do abismo. Assim contam os bardos.

Fazia algumas semanas, provavelmente meses, que os invasores tentavam dominar suas terras. A resistência que eles podiam fazer era ataques surpresas e emboscadas para tentar desestabilizar as tropas inimigas e impedi-los de captar suprimentos essenciais para manter uma tropa em batalha. Eoghan sabia que as chances de vitória tendiam a zero, contudo, como autêntico nobre do clã UaCaollaidhe, ele morreria antes de permitir que seus inimigos se apossassem da passagem principal de Uí Berchaín.

O ano era 1169, depois que o rei exilado de Leinster, Diarmait Mac Murchada, tinha voltado de seu exílio para recuperar seu reino com a ajuda de um exército estrangeiro: os normandos. Todavia, não demorou muito para que fossem revelados os verdadeiros planos de Diarmait, muito além de só reconquistar seu reino, ele queria dominar toda a Hibérnia e ser o Sumo Rei no lugar de Ruaidrí Ua Conchobair, que o tinha exilado. Ademais, os próprios nobres normandos desejavam conquistar suas porções de terra. Sem surpresa, os primeiros reinos que sofreram com as invasões de Diarmait e dos normandos foram os reinos vizinhos de Leinster.

Osraige era um dos reinos mais próximos de Leinster, ainda tinha um atrativo muito forte: Waterford, sua capital. Um porto importante que nos anos seguintes da invasão normanda iria receber diversos navios com mais guerreiros normandos para lutarem na conquista da ilha. Apesar de terem sido dominados, os bardos contam que Osraige foi o reino que mais resistiu à invasão dos normandos, além de terem sido os únicos a quase expulsarem os invasores de suas terras, utilizando táticas de guerrilhas. Infelizmente, todas as vezes que enfrentaram os normandos em batalhas de campo aberto, eles sucumbiram ao poderio bélico invasor.

Havia se iniciado a temporada de chuva, o que trazia alguma vantagem para os irlandeses, já que estavam acostumados com seu clima e seu relevo. Contudo, não era vantagem suficiente para trazer a vitória. Era o quarto mês desde que Maurice FitzGerald, o segundo mais temido nobre normando, havia iniciado a invasão das terras de seu pai. Saoirse ajudava-o como podia, em especial, liderando o grupo de arqueiros que ora colocavam fogo nos suprimentos novos das tropas invasoras, ora cuidavam da retaguarda nas emboscadas que faziam a pequenos grupos de guerreiros normandos que arriscavam entrar na floresta ou nos campos atrás de água e comida.

Desde pequena, ela adorava seguir seu pai em caçadas. Para tanto, precisou desenvolver algumas habilidades como montaria e arquearia. Ela era a única herdeira de Eogahn, um nobre de classe baixa, por isso, era provável que ele tenha permitido que sua filha o acompanhasse para, segundo alguns, aplacar a falta que um herdeiro fazia. O que se provou ser bem útil, já que ele precisaria de toda ajuda possível dos seus camponeses e servos. Ele não receberia apoio nem dos nobres mais altos de seu clã, nem dos demais clãs do reino e tal pouco do seu rei, que estavam ocupados tentando deter as invasões que aconteciam em suas próprias terras e na capital. A situação não era favorável para ninguém em todo o reino de Osraige.

Apesar do infortúnio que pesava sobre eles, ninguém conseguiria imaginar o que aconteceria naquele fatídico dia. Por conta da chuva, os arqueiros teriam dificuldades, pois, ainda que estivesse fraca, a chuva era constante, o que os impedia de atacar com fogo, além de dificultar a visão e alterar as trajetórias das flechas. Apesar disso, naquele dia, Saoirse – acompanhada de dois arqueiros – adentrou a floresta para espionar o assentamento normando. Seu pai estava próximo dela, também buscando informações que pudessem usar contra seus inimigos, desde disposição das tropas, conversas ou qualquer coisa que pudesse ser útil. Cuidadosa, a ruiva arrastava-se por matos baixos, tentando se aproximar o máximo que pudesse dos invasores sem ser vista.

Subitamente, um estalo alto rompeu o silêncio absoluto e o som de um dos arqueiros caindo da árvore em que estava denunciou a posição deles. Os soldados que estavam por perto começaram a gritar o que deveria ser um alerta de inimigo em sua língua. A ruiva ficou paralisada a princípio, enquanto um punhado considerável de soldados passava tão perto dela que ela podia ouvir suas respirações pesadas no meio da chuva. O arqueiro caído ululou, enquanto o outro corria para dentro da mata, procurando um esconderijo. O medo paralisante que ela sentiu deu espaço para uma descarga de adrenalina. A ruiva prontamente ficou de pé e correu no meio das árvores, ouvindo os gritos dos soldados atrás dela. Em sua cabeça, ela só conseguia pensar que não podia morrer.

No meio de sua corrida, ela trombou com um homem alto, loiro e de olhos frios. Não estava de armadura, mas usava cota de malha e empunhava sua longa espada em mãos. Pelos tecidos finos e o ar altivo, Saoirse sabia que era Maurice. O grito agudo e aterrorizado cortou o ar da floresta. O nobre não parecia ter pressa em matá-la. Ele ergueu a espada na altura de sua face, depois acima de sua cabeça, mas quando iria desferir seu golpe fatal nela, outra lâmina o impediu. Eogahn havia chegado em cima da hora. O irlandês empurrou o invasor para trás, afastando-o de sua filha, enquanto ela tornava a ficar de pé, já tateando as costas atrás de seu arco.

Os dois nobres se entreolharam no meio da chuva fina, Maurice avançou desferindo um golpe diagonal crescente, que Eogahn defendia, tentando emendar num contragolpe para perfurar o braço de seu adversário. Maurice desviou de sua lâmina, aproveitando a proximidade para atingir o joelho do inimigo com o pé, quebrando-o. Eogahn gemeu de dor, porém não foi o suficiente para derrubá-lo. Nesse momento, Saoirse aprontou uma flecha em seu arco, contudo seu pai ordenou que ela fosse embora. Ela sabia que aquela era uma batalha entre dois guerreiros, porém seu interior já estava gritando a tragédia que não tardou a acontecer.

Eogahn tentou mais algumas investidas, porém, por conta de seu joelho, acabou tomando uma posição mais defensiva. Já Maurice, que tinha pouco mais que um ou dois ferimentos leves, passava a desferir golpes cada vez mais pesados e mais rápidos. O som metálico do impacto das espadas e os gemidos do irlandês eram os únicos sons que cortavam o barulho da chuva, que se intensificou. Os passos de Eogahn cambaleavam; sua roupa estava rasgada e machada de sangue; sua respiração pesada e a dor radiava por todo seu corpo. Maurice acertou-lhe o braço esquerdo, arrancando outro grito do nobre e, com o último movimento daquela curta luta, o normando atravessou a garganta do adversário com sua espada. Eogahn engasgou com o sangue, cambaleando por dois passos antes de cair olhando para Saoirse. Dos olhos esverdeados dela as lágrimas brotaram, mesclando-se com as gotas de chuva em sua face. A ruiva, em choque, caiu de joelhos agarrando o punho de seu pai, que segurava a espada de seu clã. Durante a luta, o arqueiro sobrevivente e outros dois guerreiros se aproximaram e observaram o triste desfecho da batalha. Maurice, por outro lado, não tardou a investir contra o pequeno grupo que os assistia. Rapidamente um dos guerreiros tomou o lugar de Eogahn, enquanto o outro levantou Saoirse à força e correu carregando-a, seguido do arqueiro que levava a espada de seu falecido senhor, a Iontaofa. Contam que naquela noite, a única coisa que conseguiam ouvir era um longo e pesaroso grito de desespero, tão intenso e tão triste que fez o céu chover torrencialmente por três dias, causando uma inundação nas terras disputadas.

Durante os três dias de chuva, Saoirse permaneceu isolada. Não comia e não saía de seus aposentos. Na manhã do quarto dia, porém, antes que todos acordassem, ela já havia se levantado. Estava sentada na cadeira de Eogahn no salão principal de sua casa. Seu olhar estava fixo, olheiras profundas maculavam sua expressão e seus longos cabelos ruivos estavam emaranhados. Encarava a lareira, vendo o crepitar das chamas consumir a madeira lentamente, enquanto ela, segurando a espada na vertical, girava a lâmina em sua mão num movimento repetitivo e lento. O primeiro servo que a encontrou fora um dos guerreiros que estavam com seu pai no dia de sua morte. Quando ele se aproximou e tentou falar com a mulher, ela apenas respondeu com uma voz fraca e pausada, porém em tom firme:

– Faça chover fogo. Queimarei cada um dos detestáveis normandos até que não sobre nenhum deles. Faça-os arderem como a dor que arde em meu peito.

Sem piscar, uma única lágrima caiu do seu olho esquerdo antes que ela finalmente encarasse o homem à sua frente. Ainda que o desejo de vingança clamasse sangue imediatamente, Saoirse precisava esperar o nível da água diminuir para que seu fogo não fosse apagado com facilidade. Durante cerca de duas semanas, ela ordenou que todo óleo ou piche fosse recolhido, corpos mortos, madeiras e palha seca também foram armazenados, junto com alguns animais doentes que seriam sacrificados.

No início da terceira semana, o nível de água baixou o suficiente para não atrapalhar os planos. Na madrugada da quarta, eles atacaram. Saoirse ordenara que durante a noite fizessem um círculo em torno do acampamento, feito com os corpos das pessoas, dos animais, palha e madeira, tudo embainhado em óleo ou piche. Com o círculo fechado, os arqueiros que estavam na parte alta do relevo atiraram flechas incendiárias, algumas acertando o circulo de corpos e outras nas tendas dos inimigos. Para garantir que o fogo se espalharia rapidamente, alguns dos cidadãos ficaram responsáveis por alimentar as chamas para não permitir que apagassem. Eles eram escoltados por um grupo de arqueiros e guerreiros que tinham a missão de matar qualquer inimigo que tentasse escapar do círculo ou tentasse apagar o fogo. Tinha apenas uma pessoa que ela queria viva dentre seus inimigos: o líder deles.

A figura rígida da mulher permaneceu por três horas observando fixamente as chamas comerem tendas e pessoas nas partes baixas de suas terras. Em todo momento, ela apertava firmemente o punhal da espada. Sua atenção foi desviada do fogo apenas quando três homens se aproximavam arrastando um normando de roupas caras. Não era Maurice FitzGerald. Após uma breve discussão sobre aquele homem não ser quem ela desejava, a ruiva concluiu friamente:

– Faça-o confessar onde encontro FitzGerald ou arranque sua língua.

Contudo, ela mal concluía sua sentença quando um mensageiro chegava às pressas. Sem fôlego, ele relatou que Waterford havia sido tomada por Strongbow, que estava subindo por todo o reino para dominar as terras que faltavam. Informava ainda que Maurice saíra de Uí Berchaín há uma semana para encontrar com Strongbow, provavelmente, achando que seu general dominaria facilmente uma vila sem líder.

– Sean! – exclamou ela. – Estas são minhas novas ordens: decapite-o. Amarre a cabeça em meu cavalo, junto com a maior quantidade de cabeças normandas em bom estado que encontrar – fez uma breve pausa. – Mande os homens se prepararem para marchar. Partiremos antes do pôr do sol.

Sob o comando de Saoirse, os guerreiros de Osraige conseguiram recuperar algumas terras tomadas antes do massacre que ocorreria ainda naquele ano com a vitória normanda e com a dominação de Osraige até o fim da ocupação estrangeira. Apesar da morte brutal de Saoirse e de seu pai, o que ficou gravado nas histórias contadas por bardos e soldados nas tavernas é a imagem de uma destemida guerreira de cabelo ruivo e seu cavalo coberto de cabeças.

Para além do Ebro

Por Elmano Araújo

> "O homem não é o que pensa que é,
> mas o que os outros dizem que ele é".
> Manoel Lima – meu pai.

O corcel negro está exausto, muito, muito cansado. O homem sobre o animal de pelo de azeviche e luzidio está ferido de morte, debilitado, exangue. Qualquer um pode ver que a parte inferior da armadura, na altura do ventre, traz um rasgo grotesco feito à espada. Talvez os passantes não deem ao ferido nada mais que um dia; os mais otimistas, no máximo dois dias de vida, entretanto ele quer viver, ele precisa viver pela família, pela pátria ultrajada pelos malditos mouros, pela amada...

Chamam-no de Vasco. É um soldado da cristandade sob o comando de El Cid e está vindo das terras do sul ocupadas pelos mouros. Mais precisamente de Sevilha, na Andaluzia, e seu destino é Zaragoza, onde se encontra o quartel-general de El Campeador. Pelo caminho de pedras e choupos, nada mais vê que soldados mortos, vilas saqueadas, casas e lavouras devoradas pelas chamas das cruéis batalhas. Tomado de dores, tem longos períodos de delírio, tem febre e, nos raros momentos de lucidez, lembra-se da ordem. É clara.

– Voltai antes do final do verão. Tendes uma missão, não vos esqueçais.

Aqui e ali uma espada caída, uma lança quebrada ou uma maça esquecida denunciam um corpo de guerreiro cristão ou de um maldito sarraceno. Seu nariz não aguenta tanta fedentina, mas não pode parar nem tentar achar outro caminho. Bem que queria cavalgar por uma rota mais suave, com prados verdes, castelos, servos, riachos e animais pastando, mas para isso teria de ir pela estrada de Toledo (se bem que a cidade não está totalmente conquistada pela cristandade), postergando semanas de viagem. Ele tem pressa de chegar... por causa da amada.

Em seu pensamento estão apenas a pressa de chegar e os olhos verdes, lindos, grandes e brilhantes de Madeva de Aragão como os viu pela última vez, na despedida. Estão também os cabelos afogueados, o vestido branco, o xale que a moça usava, a luva de seda retirada com garbo e graça para que a mão branca e docemente feminina segurasse a rédea do corcel do namorado. Pela amada permanece vivo, mas há o maldito – que para sempre seja – Esteban del Cavellanes y Aragão, o duque de Alfrata, marido e senhor de Madeva. Ele a tem em seu poder e isso o mortifica. Se Dom Esteban fosse um mouro, fá-lo-ia ver sua fúria. Estraçalhá-lo-ia a golpes de espada, mas para sua desgraça, seu inimigo é um nobre.

Ei-lo sozinho, sozinho neste ano da graça de Nosso Senhor Jesus Cristo de 1083! Paco Lopez, seu pajem, fora morto por um golpe de cimitarra que o trespassara na altura do coração dias atrás em Córdoba, durante uma rápida escaramuça contra os mouros nas margens do Marbella. A guarda do bispo Ruiz, que o seguia, se dispersara no fragor da batalha e Vasco, que fora atingido no ventre, perdera também sua mula de carga.

Por São Tiago! Caso sobreviva ao ferimento, irá, como forma de agradecimento a Deus Nosso Senhor, a Galiza, onde Bernardo, o velho, e seu ajudante Galperino Roberto, a mando do rei Afonso VI, o Bravo, e do bispo Diego Paez, estão construindo uma belíssima catedral românica no lugar da antiga. Mas antes tem de chegar a sua aldeia, que se situa além do rio Ebro. E chegar vivo para sua amada Madeva.

A caminho de Albacete, assaltado por lancinantes dores, é encontrado caído ao lado do corcel negro. É ali uma vila de plantadores de oliveiras, rodeada de muitos moinhos de vento. Uma moça de seios grandes e rosto amorenado é designada por um ancião para cuidar do recém-chegado e não se faz de rogada: lava o ferimento com ervas e sutura-o com uma grossa agulha de cobre, depois, com paciência, dá várias colheradas de caldo de carne de javali na boca do ferido.

Dois dias depois, já bem restabelecido, empreende fuga após ser avisado por sua cuidadora de que o fidalgo D. Quixote de La Mancha, pretendente à mão da donzela, havia chegado de Alicante (um tal de Cervantes dirá, séculos depois, que o Cavaleiro da Triste Figura jamais esteve ali) e viria matá-lo. Não se deve desprezar a promessa de um homem tomado pelo ciúme. Busca o cavalo na cocheira, ajeita os arreios e, com muita dificuldade, trepa na cavalgadura. A mulher dá-lhe queijo de cabra e vinho da Catalunha. O tecido que cobre o farnel presenteado está bordado com caracteres estranhos (que séculos depois serão catalogados como góticos) o nome Dulcineia del Toboso. A própria diz com ares de preocupação.

– Ide. Não espereis pela desgraça.

Uma semana depois, praticamente fora de perigo, deixa as terras acidentadas da serrania de Cuenca, e Zaragoza está a mostrar a festiva cara de gente conhecida. Quer dar novas da passagem dos cavaleiros do caifas de Badajoz pelas vilas do sul, semeando a morte e o paganismo e das táticas e movimentações bem arquitetadas dos exércitos árabes de Iúçuf Ibne Taxufine para não permitir a derrota total em Toledo e, enfim, chegar à Castela.

Vadeia o rio em um ponto bem estreito. Ali as águas estão curtas pela estiagem. Vê os choupos e carvalhos, que lhe lembram a infância, e, sobre as árvores altíssimas cruzam um bando considerado de estorninhos que deliciam pela tarde. Então percebe que não tarda que a noite se faça e é hora de procurar pouso. Leva o cavalo à rédea curta por entre nardos até um bosque.

Acastelado entre um paredão de rochas graníticas e uma fogueira que o separa do grupo de árvores, devora o resto do queijo e do vinho. Pensa na luta da Reconquista Cristã e pensa na dama do seu coração enquanto mastiga uma lasca de queijo já meio azedo. Acomoda-se pela areia branca e continua a pensar em Madeva. Madeva! Madeva!

Sua dama é o símbolo de um amor impossível, daqueles cantados pelos trovadores galegos e provençais. Uma vez, quando era ainda mensageiro do reino, esteve em Provença pela época em que, a pedido do papa Gregório VII, os nobres franceses se dispunham a colaborar na guerra de Reconquista na Ibéria e viu maravilhado que se hospedavam no paço vários trovadores famosos criadores de canções de encomenda para os fidalgos.

Ainda em Sevilha pensou em contratar os serviços de um desses menestréis para que fizesse uma cantiga para Madeva, mas não tinha dinheiro, de modo que sofreou o desejo. Sorrindo para as chamas da fogueira, prometeu solenemente que um dia fará isso, que cantará com o trovador para sua dama bela que, por recato ou juízo perfeito, sabe-se lá, postar-se-á atrás das cortinas, escondida com um sorriso de amor nos lábios rosados.

Faltam umas duas horas para o pôr do sol. Fecha os olhos. Nas mãos segura uma pequena cruz de ferro que Madeva lhe dera na partida e ainda de olhos fechados, adormece e sonha. Sonha com castelos, com batalhas, com vitórias. Todavia seu sonho de heroísmo novelesco é toldado com brusquidão por cavaleiros armados. Acorda estremunhado e percebe-se rodeado de caras estranhas. Um cavaleiro, como lhe apetece, apodera-se de sua armadura e de seu elmo. O que parece liderar a malta assaltante grita algo, provavelmente em galego, que Vasco não entende e arremete com uma clava, mas o soldado de Cristo rola para o lado e tenta em vão apoderar-se da espada que ficara esquecida enquanto ainda dormia.

– Vós nunca mais cometereis adultério, biltre! – grita o cavaleiro prateado.

No atacante de armadura prateada, Vasco reconhece o brasão da nobre família Aragão. Não tem tempo de apreciá-la, pois outro cavaleiro – seguindo um código de nobres guerreiros – atira-lhe uma machadinha bávara, mas antes de empunhá-lo, uma clava corta o espaço e colhe-o no peito fazendo o corpo do cavaleiro traçar uma grotesca pirueta. O líder tira o elmo e Vasco mira o rosto de barbas negras de D. Esteban, o maldito conde de Alfrata, marido de sua amada Madeva.

Fica de pé. Está combalido; não tem mais a sustância da vida, seus joelhos dobram, a boca se contorce, entretanto tem ainda energia para dirigir-se ao seu inimigo nestes termos:

– Maldito, vós sois indigno de ostentar a cruz de Cristo em vosso peito. Que o inferno o engulais!

Cai. O sangue continua a esvair e ele sabe que não tem muito tempo, reconcilia-se com Deus, nosso Senhor, e traz à mente o rosto de Madeva; murmura o nome dela pela última vez, depois aos poucos tudo vai perdendo a cor e olhos perdem o brilho. Escurece, apaga-se, morre como o dia despetalado, muito distante, por trás das montanhas dos Pirineus.

Reconquista

Por Eduardo Balthar Matias

O som das vozes e de sua língua estranha me aterroriza, e junto com o som que produzem as espadas templárias se chocando contra as espadas curvas dos mulçumanos, me deixam desnorteado. A batalha está dura e difícil, as forças inimigas estão tão bem treinadas quanto as nossas forças. Estou participando da minha primeira batalha junto de meus companheiros templários. Estamos defendendo Jerusalém. A sua conquista foi graças a grandes homens que percorreram um longo caminho até aqui, e não podemos deixar que os nossos inimigos tomem nossa terra, que foi conquistada com muito sangue. Por isso lutamos, não por nossas glórias, mas sim pela glória de Deus.

Mas eu não fui criado para ser um templário. Esse era o sonho de meu pai. O meu era apenas ser um ferreiro nas cercanias de Paris. Eu era o sexto filho dos meus pais, o terceiro homem, e meu pai sempre teve esperança de que um de seus filhos lhe desse esse orgulho. Meus dois irmãos mais velhos eram desordeiros e irresponsáveis, nunca conseguiram ingressar na ordem. Eu era muito jovem quando eles tinham idade para se tornarem monges. Meu pai via honra e glória para os rapazes que se tornavam cavaleiros da ordem.

Em 1179 completei 10 anos e comecei a seguir meu pai até sua pequena forja. Ele era muito hábil e seus serviços eram solicitados pelos nobres franceses. Seus trabalhos eram elogiados em vários locais de Paris. Ele não dizia, mas sabíamos que se orgulhava dos seus serviços. Como sempre estava por lá, comecei a brincar com os martelos e fogo, minha mãe ficava apreensiva com essa minha aproximação. Também queria que eu tivesse um futuro melhor e não a de um simples cidadão. Mas o fogo me fascinava e moldar o metal ao seu bel prazer é algo que não consigo explicar. É como se fosse mágica.

Em pouco tempo já estava fazendo minhas próprias laminas e ajudando meu pai cada vez mais, pois era jovem e tinha braços fortes, como ele gostava de se gabar nas feiras que frequentava.

Num dia chuvoso chegou um monge na forja do meu pai. Como ele não estava, pois tinha ido entregar uma encomenda, eu o recebi. Ele era alto, forte, nobre e tinha um olhar sincero e bondoso. Deveria ser um cavaleiro templário, mas se vestia de forma simples.

– Bom dia, jovem. Eu gostaria de falar com o senhor Pierre.

– É o meu pai, senhor. Mas no que posso ajudar? Sou seu ajudante. E já utilizo a forja. Sou capaz de atendê-lo perfeitamente.

– Você é um garoto esperto. Diga a seu pai que quero que produza uma espada longa para mim. Deixarei uma carta com o estilo e especificações para que seu pai faça o mais rápido possível.

– Certo. Explicarei tudo para ele. Qual o nome do senhor?

– Dion – se eu imaginasse que esse homem mudaria minha vida de uma forma drástica, talvez não tivesse feito a próxima pergunta.

– E onde podemos encontrá-lo?

– Na Catedral de Notre Dame. Na verdade, no mosteiro próximo. Como você bem deve saber, a obra da Catedral começou em 1163, ainda falta muito para ser terminada. Mas espero pelo menos estar vivo até lá – ele me dá um sorriso. – Por que não vai nos visitar qualquer dia desses? Você tem braços fortes. Pode ser muito útil na obra. Claro, se seus pais permitirem e se você quiser.

– Irei falar com meu pai hoje mesmo. Poderia ir no sábado?
– Será muito bem-vindo.

Não conseguia conter a empolgação, um monge, um templário de verdade falou comigo e me convidou para ir à obra da Catedral de Notre Dame! Não havia honra maior. Poucos chegam perto dessa grandiosa obra.

Quando contei para meu pai, ele viu a oportunidade. Iria fazer a melhor espada já feita por um homem. Se dedicou dia e noite para que tudo ficasse perfeito. Ele começou a produzir a espada na quarta feira, e na manhã de sábado ela estava totalmente terminada, reluzia à luz do fogo. Era um orgulho para o senhor Pierre.

Logo que ele terminou a espada, mandou avisar minha mãe que estávamos indo para Notre Dame. Chegando no mosteiro, procuramos pelo senhor Dion. Ele deveria ser muito importante, porque todos que encontramos nos indicaram o caminho que deveríamos seguir. Ele se encontrava num pequeno cômodo, nos fundos do mosteiro. A obra ficava à direita e era enorme.

– Bom dia. Me chamo Pierre. Meu filho me disse que o senhor encomendou uma espada – meu pai não sabia como se portar diante do monge. Fez reverência, como se ele fosse um rei. Percebi que o senhor Dion sorriu. Um tempo depois fiquei sabendo que ele era mestre da ordem. Ele que escolhia e treinava os iniciados.

– Bom dia. Seu filho é esperto – em seguida, dirigiu-se a mim.
– Como é mesmo seu nome? Não perguntei no nosso primeiro encontro.

– Liam, senhor. Me chamo Liam – respondi eufórico.

– Chamei seu filho para que ajudasse na obra hoje. Se o senhor permitir, é claro – disse Dion.

– Ele me disse, e é claro que permito. Mas antes gostaria de lhe mostrar a espada que fiz – ele fica com ar de surpresa.

— O senhor a forjou muito rápido. Está lindíssima — o monge se abaixou para pegar as moedas, mas meu pai não aceitou. Ele tinha algo em mente.

— A espada não é nada... mas será que o senhor pode tomar conta do meu filho e fazer dele um cavaleiro templário?

— Ele terá que entrar no mosteiro e se dedicar muito — anos depois, Dion me confessou que, quando me viu na forja, enxergou um nobre templário, então o convite para ir à obra de Notre Dame foi de propósito. Ele tinha esperança de que eu entrasse na ordem.

Foi assim que me tornei um monge e, alguns anos depois de muita dedicação, dor e angústia, me tornei um dos cavaleiros templários mais novos de Paris. O Rei Felipe II em pessoa acompanhou a cerimônia dos novos cavaleiros da ordem templária. Mas agora estou a quilômetros de distância de casa lutando em Jerusalém, para proteger a cidade. Estou na cidade desde o ano de 1185, por que havia uma crescente corrente que dizia que os mulçumanos estariam montando um grande exército para a retomada da cidade, o que por dois anos fori apenas boato.

O ano é 1187, luto nas tropas de Guido de Lusignan contra o exército de Saladino, que marchou pela Galileia vindo ao nosso encontro. Guido se uniu ao príncipe da Galileia, Raimundo III de Trípoli. Nossas tropas eram compostas de cavaleiros e soldados desmontados. A cavalaria foi na frente, eu fazia parte da infantaria. Conseguíamos ver o horror da batalha à frente mesmo a uma distância considerável.

Havia muito sangue já derramado quando cheguei ao campo de batalha. Um mulçumano veio em minha direção, gritando e balançando sua espada curva. Ele era feroz, mas eu treinei por anos e anos só para esse momento.

Seu golpe foi forte, mas os anos de forja me deram força nos braços e um fôlego maior do que muitos homens. Num movimento rápido, corto um de seus braços, o sangue espirra em meu rosto. Sem que ele saiba o que o atingiu, corto sua barriga, seus olhos são de dor e sofrimento, me dão angústia. Então finalizo com um golpe no coração. Ele morre na hora. Não sei quantos matei, mas sei que são muitos e tenho certeza de que até o final do dia matarei muitos mais. O cheiro de sangue, suor e terra úmida invade minhas narinas. É um misto de medo e empolgação. Quanto mais os inimigos avançam, mais deles caem. Vejo meu mestre, Dion, desferindo golpes fortes e com precisão milimétrica. Muitos morrem à nossa volta.

Conseguimos avançar devagar e o exército de Saladino vai recuando aos poucos, não vamos seguindo atrás, já batalhávamos há horas, o cansaço era enorme. Algumas horas depois, por ordem dos nossos líderes Guido e Raimundo, montamos acampamento para descansar dessa longa batalha.

Enquanto me ajeitava, Dion me encontrou, ele tinha alguns cortes, mas nada demais. Eu o conhecia há muitos anos, mas mesmo assim ele era difícil de entender, estava carrancudo.

– Esse acampamento é perigoso. Estamos em campo aberto.

– Os dois exércitos estão cansados. Precisamos descansar. Nossos comandantes sabem o que fazer – disse com voz de sono. Todos estão exaustos e morrendo de vontade de voltar para suas casas, sejam elas em Jerusalém ou em qualquer outro país dos templários. Havia muitos ingleses, mas acredito que franceses estavam em maioria.

– Vamos descansar, meu amigo. Precisamos recuperar as energias para amanhã.

A noite chegou rápida e, com ela, o fogo. Os homens de Saladino atearam fogo à nossa volta. Criando uma enorme cortina de fumaça, meus companheiros corriam de um lado para o outro sem rumo. A fumaça estava muito densa. Não conseguíamos enxergar um palmo à nossa frente. Só sabia que meu mestre e amigo estava do meu lado. Em seguida do fogo e fumaça, veio a chuva de flechas. Cristãos morriam ao meu lado. Muitos tombaram na primeira leva de setas. Eu e Dion tivemos sorte, mas não sei se haveria a uma nova saraivada. Estávamos cercados por fogo, fumaça, flechas e inimigos que gritavam na sua língua que dava medo.

Dion estava bem cansado e eu também. Falei para a gente correr em direção ao rio. Se conseguíssemos atravessar, talvez tivéssemos alguma chance de sobreviver. Enquanto pensava nisso, veio uma segunda onda de flechas. Uma atingiu meu braço. Urrei de dor e outra fecha atingiu a perna de Dion. Ele chorou de dor. Fui rápido. Quebrei a ponta da flecha que atravessou meu braço e a arranquei.

Ele berrava para que eu abandonasse, mas não pude. Então pediu para que o carregasse nas costas. Uma terceira leva veio com seus assobios de morte. Sem que eu percebesse, ele havia recebido várias fechadas nas costas. Calado, ele havia me protegido com a própria vida. Sabia que morreria em meus ombros. Chorei de dor, tive que deixá-lo na beira do rio. Esse com certeza foi o pior dos golpes que a vida me deu.

Olhei para o campo de batalha, meus companheiros foram arrasados. Foi um massacre. Só alguns chegaram na beira do rio e o atravessaram. Sabia que havíamos perdido a cidade de Jerusalém para os mulçumanos. Era questão de tempo até isso acontecer. Mais tarde fiquei sabendo que eles fizeram cerco a cidade e, em duas semanas, conquistaram Jerusalém. Saladino poupou a vida de Guido e Raimundo conseguiu fugir antes da tomada da cidade.

Foi uma peregrinação voltar para a França, mas consegui voltar para casa e hoje treino um nova leva de cavaleiros templários para a reconquista.

Uma batalha por uma voz

Por Lorena da Costa

Na Escócia do século VI, existia uma família de camponeses cujo filho, George, já com 20 anos de idade, trazia consigo a tristeza de nunca ter ouvido a voz de sua mãe, Catarina. Diante da angústia que o atormentava, certa vez questionou seu pai, Frederico, sobre a enfermidade da mãe:

– Meu pai, o fato de minha mãe ser muda é algo que me deixa extremamente triste. Não há algo que possamos fazer para reverter essa situação? Ela sempre foi assim?

– George, eu nunca quis que soubesse disso, porém, vendo o tamanho de sua preocupação e tristeza vou contar a verdade. Pouco antes de me comprometer com sua mãe, me envolvi com uma mulher que fazia bruxarias. Ela era cantora nas tavernas do povoado.

Eis que, ao terminar o relacionamento com a feiticeira, ela me lançou a maldição de que sua mãe se tornaria muda a partir do momento que desse à luz o nosso primeiro filho.

George ouviu o relato de seu pai com respeito, porém incrédulo com o que acabara de ouvir, pois para ele a mudez de sua mãe não passava de uma doença incurável. Isso para ele agora era uma certeza – desejou que em sua vida tivesse a sorte de se casar com uma mulher de voz tão bela quanto ele gostaria que sua mãe tivesse.

    Alguns dias após a conversa entre pai e filho, o exército escocês convocou jovens para uma batalha que estava acontecendo contra povos bárbaros na Inglaterra e, dentre eles, estava George. Foi uma batalha muito difícil. A proporção de homens ingleses contra bárbaros era muito menor. Certa noite, em seu campo de guerra, George ouviu ao longe uma bela voz que vinha do palácio do rei e começou a imaginar que nela poderia encontrar a pessoa que ele desejou um dia que pudesse ser a esposa com quem tanto sonhou. Com muita bravura e destemor, assumiu o comando da frente de batalha e consagrou-se vencedor.

    Ao se ver diante do rei para ser condecorado, com muito respeito, dirigiu-lhe a seguinte fala:

– Majestade, com todo o respeito, peço que, antes que conceda-me medalhas como prêmio, dê-me a chance de realizar um desejo.

– Como poderei ajudá-lo com seu desejo, meu jovem? – perguntou o rei.

    George contou ao rei a história que seu pai havia relatado, além de toda a sua incredulidade e o desejo de se casar com uma moça de voz bela e afável como a que ouvira vir daquele castelo.

    O rei, compadecendo-se com a história daquele jovem camponês, permitiu que ele cortejasse a jovem princesa.

    Tempos depois, princesa e plebeu casaram-se e George se deu conta de que aquela batalha que venceu era a maior vitória de sua vida.

A filha

Por J.P. Chamouton

Jacques era um fazendeiro solitário que, nascido e criado na aldeia de Domrémy, na região da Lorena, França. A boa genética herdada do pai Jean e o trabalho solitário no cuidado de animas e plantações o deixou numa forma física invejável. No ano de 1410, porém, a cólera leva sua noiva enquanto o inverno rigoroso destrói toda a sua plantação. Ele enterra a noiva, abandona tudo e entra para o exército. É o auge da Guerra dos Cem Anos e ele luta ferozmente em infinitas batalhas, colocando-se em situações de perigo inimagináveis. Se houvesse uma missão arriscada ou praticamente impossível, ele era o primeiro a levantar o braço para se candidatar. Jacques foi gravemente ferido várias vezes e em muitas delas dizem que não morreu por milagre.

Numa passagem por Paris, num dos raros momentos de calmaria, ele é desafiado pelos companheiros a se consultar com um famoso mago que morava na cidade.

Era o último dia dele na cidade, então, Jacques, o rei dos céticos, aceita a provocação e, para se distrair, vai procurar o tal homem místico.

O mágico vivia na periferia da cidade. Jacques, à porta do pequeno chalé, chega a dar meia-volta para ir embora, desistindo da

coisa toda, quando a porta se abre e das sombras surge um homem alto, curvado, de barba rala e olhos profundos. Sua voz é grave:
— Eu estava à sua espera!

Jacques, sem alternativa, dá de ombros e aceita o convite para entrar, enquanto fala em tom irônico:
— Você deve falar isso para todos...

O homem faz sinal para que Jacques se sente numa poltrona à frente de uma mesa grande de madeira, atrás da qual o mago se senta numa espécie de trono pequeno, com várias camadas de peles de animais.
— Então, meu caro?
— Jacques. Eu me chamo Jacques!

É a vez da ironia do mago, que faz cara de quem na verdade já sabia...
— Meu nome é Mathias. O que o traz aqui hoje?

Jacques provoca:
— Mas você não sabia que eu viria? Deve saber o motivo, então!

Mathias apoia os cotovelos na mesa como se quisesse se aproximar para fazer uma confissão:
— EU... sei o motivo... a questão é se VOCÊ sabe.

Jacques se levanta bruscamente e tira da cintura um saquinho com moedas.
— Desculpe-me! Foi um erro. Quanto eu lhe devo pelo seu tempo?

Mathias não se abala e faz sinal para que ele se sente.
— A questão aqui não é de dinheiro e nem de tempo. Dê-me apenas alguns minutos e você poderá seguir seu caminho.

Jacques se deixa cair de volta na poltrona e acompanha os movimentos de Mathias, que abre uma caixa ornamentada em cima da mesa e tira um velho baralho de cartas com desenhos desbotados.

Mathias as embaralha e pede para Jacques dividi-las em dois montes. Pega a parte que estava embaixo e coloca por cima do monte, juntando as duas partes novamente. Mathias olha para o soldado e abre a primeira carta.

Jacques, absorto em cada palavra e cada carta que Mathias coloca ritualisticamente na mesa, perde a noção do tempo até que bate com as mãos na mesa e se levanta de novo.

– Chega! Acho que já foi o suficiente. Quanto eu lhe devo?

Mathias balança a cabeça enquanto recolhe as cartas e as guarda na caixa.

– Já disse que a questão não é dinheiro. Cada um contribui com o que pode!

Jacques tira de novo o saquinho da cintura e atira na mesa um punhado de moedas.

– Obrigado, Jacques, mas o mais importante é: você entendeu o que as cartas disseram?

Jacques, com ar enfastiado, responde impaciente:

– Sim, meu caro, eu entendi. Meu coração está fechado para o amor, já que não aceitei a morte da MINHA AMADA, como AS CARTAS a chamaram. Por isso eu tenho uma maldição ou um superpoder de ter o corpo fechado. Resumindo: eu sou IMORTAL, porém vou ser INFELIZ o resto da minha vida! Então, sim... eu entendi TUDO muito bem!

Jacques sai apressadamente e bate a porta com toda a força.

Vai pelo caminho resmungando:

– Corpo fechado... fechado para o amor... a questão não é o dinheiro...

Distraído pela raiva e frustração, tromba violentamente com alguém que vinha atravessando rapidamente a via, fugindo do movimento intenso. Qual não foi sua surpresa quando uma pequena jovem de traços finos e cabelos de fogo despenca a esbravejar:

– Pelo amor de Deus! Para onde o senhor vai com tanta pressa que precisa atropelar as pessoas pelo caminho?

Sem jeito, Jacques a ajuda a se recompor.

– Mil perdões, minha jovem! Acabo de ter revelações bizarras a meu respeito. Estava fora de mim. Desculpe-me, por favor! Como você se chama?
A jovem nota as cicatrizes pelos braços e pelo rosto.
– Isabelle. Eu me chamo Isabelle!
Jacques faz uma mesura:
– Encantado... senhorita?
Isabelle, sem graça, responde.
– Sim. Senhorita.
A jovem quebra o silencio constrangedor:
– Só espero que as revelações não tenham sido feitas pelo mago Mathias, porque o conheço desde menina e nunca soube de uma leitura de cartas que não mostrasse somente a verdade e...
A expressão no rosto de Jacques não só a fez parar de falar como a fez cair na mais sonora gargalhada. Jacques não pôde resistir e se juntou a ela no riso, até os olhos de ambos se encherem de lágrimas.
Pararam numa taberna no caminho da casa de Isabelle e passaram a tarde juntos. Jacques contou sua história de vida e, em detalhes, a leitura de cartas de Mathias, que o fez trombar com ela. Isabelle narrou sua infância difícil, porém feliz, ao lado dos pais e de um irmão menor que ela adora.
A noite cai e eles nem notam. Jacques acompanha Isabelle até sua casa e, com o coração apertado, se despede, pois tem que partir naquela noite para encontrar com o seu batalhão para uma nova ofensiva.
Isabelle pede para que ele volte logo para revê-la. Promessa feita.
Jacques volta à sua vida de lutas e sangue, porém algo mudou dentro dele. A imagem de Isabelle não lhe sai da cabeça e agora sua fúria nas batalhas é a ânsia de poder voltar a estar com ela.
Como sempre acontecia numa luta corpo a corpo, foi ferido no abdômen. Já havia acontecido inúmeras vezes. Desta vez, po-

rém, a febre não estava cedendo e a ferida parecia não estar cicatrizando. Foi levado para o Hotel Dieu, o mais antigo hospital de Paris. Cada cômodo chegava a acolher quatro pacientes. Jacques, entre calafrios e sangramentos, perde a noção do tempo.

Numa noite, uma leve brisa amenizava o calor do ambiente, quando Jacques abre os olhos e diante dele está Isabelle, que segura suas mãos. Nas duas semanas seguintes ela praticamente não saiu dali do lado dele, quando finalmente a febre cedeu e Jacques pôde deixar aquele lugar.

Isabelle o levou para a própria casa, onde foi acolhido por sua família, e logo quis retribuir ajudando na serralheria do pai dela. Com sua experiência em batalhas, ajudou a aprimorar a fabricação de espadas e punhais, trazendo prosperidade para todos.

Abandonou o exército e pediu a mão de Isabelle em casamento. Isabelle logo ficou grávida e Jacques, eufórico, dizia a todos que seu filho iria se chamar Jean em homenagem a seu pai.

Isabelle, cada vez mais roliça, sentia que a boa hora estava para chegar. Por isso, não gostou nada quando Jacques teve que viajar para fazer uma grande entrega no interior.

Dito e feito! Mal chega ao seu destino, Jacques recebe uma mensagem a galope: Isabelle estava para dar à luz. Deixou sua charrete com o mensageiro e, sem pedir licença, sobe no cavalo dele e volta a triplo galope. Na ânsia de chegar mais rápido, escolhe um atalho por dentro de uma mata fechada.

O cavalo dá sinais de cansaço, porém, Jacques não pensa em diminuir o ritmo e, quando salta um tronco caído no chão, o cavalo tomba e o joga a metros de distância.

Ele bate com força num ganho de árvore, no local exato do velho ferimento. Ele sente o gosto de sangue na boca e a poça vermelha que se expande debaixo de seu corpo. *Não pode ser bom sinal*. Caído, quase boiando no próprio sangue, sua mente o leva para o mago Mathias e ele entende e aceita então que o amor libertou seu coração, porém, infelizmente, havia chegado sua hora. Não conhecerá seu filho nesta vida, mas sabe que ele terá uma vida intensa e fará a diferença nesse mundo.

UM ANO DEPOIS...

Isabelle passeia pelos campos de Domrémy, terra natal de Jacques. Ela dá a mão para os primeiro passos da menina de cabelos vermelhos que sorri o tempo todo.

Como Isabelle não teve um filho homem, achou por bem batizar a filha de Jacques com um nome que ele com certeza aprovaria: Jehanne. A história a conhecerá como Joana d´Arc.

Uma camisa de Cambraia

Por A.M. Amaral

Branca e sem costuras. Com o símbolo da cruz no peitoral. Essa foi a encomenda que Hugo fez naquele mercado. Não seria um hábito, apenas uma veste para usar em seus dias de folga do Templo. Não poderia ter encontrado artesã melhor e foi por esta razão que conheceu Anna das Ervas, uma vendedora da Feira de Troyes. Da mesma forma que Hugo entendia de batalhas, Ana entendia de cura. Erveira que utilizava as suas plantas para pensar ferimentos e curar muito males. Tinha compridos cabelos vermelhos. De fogo. E um brilho nos seus verdes olhos que remetiam a plácidas paragens. Calma. Hugo era tormento puro. Temente e obediente a Deus por quem e em nome de quem já enfrentara até os infiéis de Saladino. E os batera em diversas vezes e circunstâncias adversas, quando até a sorte dava ares de haver abandonado os Cavaleiros do Templo.

Mas agora o tempo era de uma paz negociada, comprada e paga. Artificial. Por isso precisaria da camisa de cambraia que encomendou à erveira. Entregou o pano e o ouro. E ali – mesmo sem o saber – entregou o seu coração. Voltando ao convento, sentiu-se quase um infiel. Os olhos de Anna não abandonavam os seus pensamentos. Conversou com o esmoler que lhe aconselhou algumas penitências. Principiou um jejum e rezas. Não melhorou em nada a sua angústia. A erveira não lhe saía dos seus pensamentos. Tinha urgência em revê-la. Disse sentir febre e carecer de cura. Teria que voltar a Troyes a fim de comprar as ervas para uma tisana. Não podia cair doente. Tinha batalhas a enfrentar. Até aí nem desconfiava que a sua maior batalha chamava-se Anna, a erveira.

Anna, por sua vez, cortava a cambraia com apuro para não deixar emendas nem costuras. Difícil. Exigia uma atenção extrema, por isso, a tensão pairava no ar de sua casa feita de pedras. Mais sérios que a atenção demandada eram os seus pensamentos no templário. Hugo, apesar das cicatrizes no rosto, não deixara de ser belo. Moreno, com uma vasta cabeleira cor de azeviche amarrada por tranças, daria um bom marido, imaginou. Essa súbita ideia, no entanto, precisa ser afastada. Com toda a urgência capaz de caber no mundo medievo. Com longos dias seguidos por noites cada vez mais assustadoras a desafiar a passagem do tempo, que parecia estar suspenso. Hugo era um monge guerreiro. Sua fé o afastava por completo da possibilidade de amar alguém diferente de Deus. E Anna não era Deus. Era só uma erveira que nas horas vagas tecia camisas de cambraia sem costuras.

O céu estava escuro, mas era dia. A feira estava repleta de mercadorias e mercadores. Havia de tudo o que os aldeões precisavam. Tecidos esvoaçavam em cordas, emprestando à manhã um ar lúdico. Hugo acercou-se da tenda de Anna. Perguntou por ervas que curassem febre. Ela indicou sálvia, mais hortelã e raiz de tomilho. Prensados e misturados. Duas colheres fundas da poção para um copo médio de água fervente. O Templário comprou a beberagem. Perguntou da camisa de cambraia. Quis saber quando ficaria pronta.

– Na próxima semana – disse Anna.
– Voltarei então – respondeu Hugo.
Despediram-se e ficaram presos na mágica do tempo. Ninguém ali teve medo de se apaixonar primeiro. Mas o medo das consequências desta paixão pairou sobre os dois como um grande vilão. Ao mesmo tempo. E por igual. Feroz e pior do que Saladino e os seus sicários com seus punhais a cair de chofre sobre os adversários. Tão assustador quanto aqueles que viviam a inquirir os acusados de heresia. O que haveria de ser de suas vidas daquele dia em diante? Até onde iriam um pelo o outro? Estas indagações talvez nunca tivessem resposta e nem ao menos oportunidade de se tornarem perguntas mútuas.

Fato é que chamaram a atenção de muita gente naquela despedida. Murmúrios e sussurros começaram a circular. E chegaram a ouvidos perigosos. Os do Mestre do Templo, por exemplo. Vigia a admoestação de se evitar rumores e maledicência entre os irmãos da Ordem. Por isso Hugo foi chamado a dar explicações. Essas não foram bem aceitas. Ficou sujeito a uma expiação: comer no chão, sem guardanapo nem toalha, durante dois meses. Como moderação à penitência recebeu a permissão de enxotar os cães que se ajuntassem à sua volta para atormentá-lo. Não fez questionamentos e cuidou de cumprir a admoestação. Sentia mesmo que tinha culpa por seus sentimentos que o afastavam de sua primeira promessa. Era um guerreiro de Deus. E só. O mundo dos pecadores estava apartado da vida que elegeu para viver. Sem amor, senão a Deus.

Anna dependia da água de uma azenha próxima da sua casa. O capelão que geria o moinho chamou-a para uma conversa à parte. Fez-lhe saber que a partir daquele instante e até ulterior deliberação só poderia ir duas vezes por mês moer os seus cereais. Nem mais e talvez menos. O menos dependeria de que comentários sobre certo Templário e a erveira não fossem mais ouvidos. Nem na forma de sussurros. Disse-lhe também que outras penalidades poderiam surgir em seu prejuízo. Não as especificou. Mas numa era de escuridão bem se podia supor quais. A roda, o berço de Judas, o caixão e a fogueira eram conhecidos nas redondezas. Tanto que nem precisava se dizer o nome. Ainda argumentou que tinha uma camisa de cambraia a entregar. Recebera todo o preço e havia que trabalhar. Disse-lhe o capelão que esquecesse. Da camisa e do dono. Todos lucrariam mais com isso. O pagamento era o que menos importava na vexada questão.

E lá se foi o tempo dando conta de ser tempo. A feira continuava no mesmo lugar, com suas mercadorias, os seus mercadores e a sua freguesia. Anna ainda tinha as ervas para vender e por agora menos grãos para oferecer. O que impedia que o seu sustento e de sua família ficasse comprometido era o socorro que prestava às gestantes cujos parentes continuavam a buscá-la a qualquer hora do dia ou da noite para sarar, pensar e fazer partos. Recompensavam-na com cereais, frutas secas e afins. Não havia mais notícias de Hugo ou sobre Hugo. O chão parecia ter se aberto e dragado o cavaleiro. Menos no coração de Anna. Por isso a camisa de cambraia continuou a ser fabricada. Sem costuras nem emendas. A cruz pátea no centro começou a ser bordada. Ponto por ponto. À luz de velas e tocos de velas ajuntados pelos caminhos e trilhas. Os tocos iam sendo derretidos e transformados em novas velas. Um dia o seu dono haveria de aparecer em busca da sua encomenda e quem sabe em busca da erveira...

Mal sabia que Hugo combatia outra vez os sarracenos. A ferro e a fogo, cota de malha, afiados punhais e espada. Uma fortaleza ia sendo levantada e, das suas futuras torres, muitas sentinelas impediriam o caminho dos infiéis para Jerusalém. Batalhas cruentas eram rotina. E de lado a lado o sangue dos mortos umedecia o solo e tingia os rios. De vermelho. Sangue.

Aos cavaleiros não era dado retroceder. "Apagar da face da Terra todos os infiéis" era dogma. Isso ou a morte; nunca o olhar para trás em busca de salvação pessoal pelo êxodo. A recompensa celestial dos guerreiros era certa. Mas nesse mundo cruento havia lugar para os olhos verdes de Anna: ela permanecia nos melhores pensamentos de Hugo. Tampouco a camisa de cambraia estava esquecida. Chegaria o tempo em que voltaria para receber a encomenda. A oportunidade era espreitada como se espreita um inimigo numa emboscada. E assim as horas escoavam no relógio do tempo, divididas entre o amor a Anna e o ódio aos infiéis.

Foi quando recebeu o chamado: voltaria para Troyes. Era preciso buscar sacas de ouro. A cruzada custava caro. E apenas um cavaleiro de extrema coragem seria capaz de atravessar trilhas de alto risco imune a ataques e saques. A escolta precisava ser cuidadosamente selecionada. Esta era a primeira incumbência do seu comandante. Assim o fez saber o Mestre do Templo. Hugo entendeu que a espera tinha chegado ao fim. Avizinhava-se o tempo de uma ressureição.

– Voltarei, disse o guerreiro às paredes. Elas precisavam ouvir!

Eram homens de ferro, literalmente. Em um tempo razoável chegaram ao destino. O Prior do Templo lhe deu as chaves dos armazéns do tesouro. Ali estavam acauteladas as sacas de ouro, metais e pedras preciosas. Separaram o tanto que levariam para Jerusalém e obtiveram alguns dias de licença antes de empreender a viagem de volta. Com folga, Hugo decidiu ir buscar a camisa de cambraia encomendada a Anna.

– Surpresa? – perguntou o Templário.

– Não – respondeu a erveira.

Nesta exata quadra o mundo girou. Era dia, mas a lua deu o ar de sua graça, assim do nada. Palavras nem sempre precisam ser pronunciadas para que os fatos sejam constatados. O fato do sofrimento e o enfado trazido com a solidão em terras ermas pesavam como chumbo sobre os ombros dos dois. Viver sob o signo do medo era o que agora expulsavam. Ainda que os tempos fossem sombrios na região de Champagne. Mas a vida pulsava e fazia as suas exigências. Era preciso não ter medo. Era preciso ter coragem de viver.

    A camisa de cambraia, sem costuras nem emendas, foi retirada de uma gaveta embaixo da banca. A grande cruz vermelha – bordada em pontos de cruzes – resplandecia tal como uma cota de malha polida à exaustão. Mas não tão brilhantes quanto os verdes olhos de Anna. As suas mãos se viram entrelaçadas como num passe de mágica. O entorno, com seus murmúrios e sussurros tomou ares de sutil indiferença para os dois. As penitências e as punições impostas pela Ordem esmaeciam. A paixão mútua não consentia controles e superava regras e votos. Já não cabia mais dentro de caixas de ofícios ou caixas de votos. Não haveria mais distância, assim os dois decretaram. Anna fechou a banca; Hugo virou as costas ao banco de tesouros que viera buscar. Sabiam que ali começavam novos desafios e se dispuseram a enfrentar todos os demônios que quisessem cruzar os seus caminhos.

    Por isso raiou outro dia. Com recados. Duras admoestações. Não se brincava com a Ordem do Templo. Alheios às ameaças, rumaram para fora dos portões da cidade. Como guerreiro de excelência, Hugo sabia que sempre haveria um suserano desejoso de pagar por seus préstimos. Por isso não haveria roda, fogueira e nem mesmo acusação de bruxaria que seria consentida pela espada. Havia ouro. Os seus alforjes pesavam. Tinha direito a paga por grandes préstimos nas guerras santas. Seria o bastante para iniciar outro caminho. Semanas depois deram em uma ermida. Seguiram em frente. Logo a paliçada de um castelo surgiu. Hugo se fez ouvir por uma sentinela. Portões foram abertos. Encontraram boa acolhida. Receberam encargos.

    Passados alguns séculos, uns músicos desocupados caminhando ao ermo em uma vasta trilha encontraram uma singela casa de pedras. Cercada por um jardim de ervas. Tinha salsa, sálvia, alecrim e tomilho, bem verdinhos. Atravessaram a soleira de granito. Deram com uma boa sala de visitas guarnecida por móveis de madeira pesada, mas enegrecidos pelo tempo. Precisando de pouso, fizeram alguma limpeza e se instalaram junto ao fogo. Esquentaram o pão, fizeram chás e, por fim, cheios de cansaço, dormiram. No clarear do dia aventuraram-se pelo interior da casa. Encontraram pedaços do que fora um dia uma cota de malha e, íntegra, uma camisa de cambraia branca e sem costuras. Estava muito bem embalada em grosso papel. Guardava marcas de uso e ostentava a cruz do Templo, bordada em singelos pontos de cruzes. Inspirados, escreveram uma poesia em louvor a uma próspera feira de uma antiga cidade: Scarborough Fair. Da noite para o dia fizeram milhões; agora, na sociedade do espetáculo, alheia a votos, a penitências ou a temíveis inquisidores...

Ferro e fogo

Por Márcio Cardoso Pacheco (organizador)

Normandia, França. Século XV.

— Não use tanto carvão! — gritou Onfroi para o garoto que trabalhava como seu ajudante. — Garoto tolo! Acha que o carvão simplesmente aparece na minha porta?

O garoto conhecido como Dmitrei, filho do senhorio, se encolheu e tirou alguns pedaços que havia colocado no forno feito de pedras. Talvez pudesse reclamar ao pai sobre a forma como o ferreiro lhe tratava, mas ele simplesmente não se importava. Seu senhorio apoiava Bernardo VII, o conde de Armagnac, na luta contra o duque da Borgonha, João I, também conhecido como "João sem medo". Encomendou uma grande quantidade de armas e armaduras. Onfroi era o único ferreiro experiente na região, e poderia ser o último se Guiscard, seu filho, insistisse com seus devaneios de se tornar um cavaleiro.

— Assim está bom. Busque o metal — ordenou ao menino.

Dmitrei foi até o fundo da ferraria e trouxe algumas lascas de metal sobre um pano. Colocou-as dentro do crisol e, com o auxílio da tenaz, depositou-o sobre o forno que Onfroi já havia acendido. O garotou se direcionou até o fole de couro de vaca, manuseando-o vigorosamente e fazendo com que o carvão ficasse mais incandescente a cada lufada de vento.

O garoto não é tão inútil, afinal. Pensou o ferreiro, com os braços cruzados, assistindo-o trabalhar.

O filho do senhorio já estava começando a dominar os processos mais básicos da lida de ferreiro. Não tinha força suficiente para manusear o malho e suas mãos já estavam cheias de bolhas e calos, mas ele não reclamava. Tinha uma persistência invejável.

O ferreiro lembrava-se bem de quando um dos soldados de seu senhor trouxe o garoto, afirmando que ele causava problemas demais ao pai e, como castigo, se tornaria aprendiz de ferreiro.

– Ponha mais velocidade nesse fole, garoto!

Dmitrei arregalou os olhos e começou a descer os braços, empurrando o fole com mais violência. Tiveram problemas no início. O ferreiro aceitou ficar com o garoto porque não queria desrespeitar o senhorio, mas não gostava dele lá. Ordenou que o menino ficasse em um canto, parado. Por certo tempo até funcionou, mas o garoto tinha uma energia que não conseguia controlar. Logo estava tocando nas ferramentas, na bigorna e em tudo dentro da ferraria. Onfroi teve que lhe desferir um tapa no rosto para que parasse. O filho do senhorio o encarou e começou a chorar. Então o ferreiro lhe ordenou que o ajudasse, e tudo começou.

A porta de madeira se abriu e um homem ingressou na ferraria segurando uma foice partida em uma das mãos e a ponta dela em outra. O ferreiro o encarou com seus olhos pequenos e a boca miúda escondida atrás da barba grossa. O camponês ergueu os objetos em suas mãos como se isso explicasse tudo sobre sua visita.

– São duas moedas para consertar – anunciou o ferreiro.

– Duas moedas?! – reclamou o camponês. – Faz três dias que eu peguei essa foice e ela já se partiu!

– Não tenho culpa se está golpeando pedras.

– Eu estava cortando trigo!

Onfroi caminhou calmamente até o homem. Já havia sido um soldado, participado de inúmeras batalhas. Tinha as costas largas, braços e peito musculosos. Mascava uma lasca de madeira.

– Você não quis pagar quatro moedas a mais quando lhe sugeri fazer uma foice reforçada. Agora terá que pagar duas para consertar e seis se quiser reforçar.

– Isso é um absurdo! – protestou o homem. – É o preço de duas foices no vilarejo além do rio Eure!

– Então vá até lá e busque – devolveu Onfroi cruzando os braços.

O homem pensou por um tempo e, de mal grado, puxou as moedas. O ferreiro mordeu o metal e sentiu-o conformando-se entre seus dentes. Sorriu satisfeito.

– Amanhã estará pronta. E não irá quebrar.

O camponês saiu inconformado da ferraria. Quando ele se virou, viu que Dmitrei o encarava com apreensão. O medo parecia transformar-se em respeito.

– Pegue mais metal, vamos fazer outra lâmina – o garoto se direcionou até o canto da ferraria para buscar a mesma matéria-prima que estava no forno. – Esse não! – disse o ferreiro, apontando para uma caixa em outro canto – Pegue daquela. Não queremos que ele volte outra vez.

Onfroi tinha experiência. Sabia reconhecer os metais e as técnicas para deixá-los mais ou menos resistentes. Geralmente fazia as ferramentas com metal mais frágil e assim lucrava com os reparos. A falta de opção por outros ferreiros afastava facilmente as reclamações. Trabalhou pelo resto da tarde na foice do camponês. Quando terminou, ergueu a ferramenta e pode notar que apenas na mudança do metal a lâmina já apresentava uma qualidade bem superior. Mandou Dmitrei amolar a lâmina com a pedra e aqueceu a foice no forno uma última vez, deixando-a resfriar lentamente para dar mais flexibilidade.

– Por hoje terminamos, garoto. Vamos colocar algo no estômago.

Ambos estavam exaustos. Sentaram-se em volta da panela em que se cozinhava um guisado de cabra. A noite estava chegando quando Guiscard chegou com o cavalo puxando uma carroça cheia de lenhas. Entrou e cumprimentou o pai e o garoto, juntando-se a eles em volta da fogueira.

– Quanto de lenha conseguiu? – perguntou o ferreiro.

– Enchi a carroça – respondeu seu filho, olhando distraído para as chamas. – E como vai a encomenda do senhorio?

– Fizemos um terço – respondeu Onfroi de mau gosto. O senhorio colocaria seus homens na batalha contra os exércitos ingleses e encomendou armaduras e espadas ao ferreiro. – Teve notícias sobre o avanço dos ingleses?

– Um mensageiro chegou ao senhorio. Estão atacando o castelo de Langeais. O castelo não vai aguentar, os homens estão famintos, o cerco é grande para um enfrentamento e não permite que seja enviado qualquer suprimento. Seremos massacrados como aconteceu em Azincourt.

– Já não basta essa guerra contra os Borguinhões! – reclamou o ferreiro.

– É questão de tempo para que Henrique V chegue até nós.

– Até eles, você quer dizer.

– Até nós – repetiu Guiscard. – Eu vou lutar.

– Não teremos essa conversa novamente! Você é meu filho e não vai morrer pelas ambições de outro homem!

– Eu não quero ser um ferreiro, meu pai! Serei um cavaleiro cheio de honra e glória!

– Para o inferno com sua honra e glória! – bradou o ferreiro. – Pagamos tributos para que eles nos protejam e ainda temos que lutar por eles enquanto ficam comendo sentados em cima de nossas moedas em seus castelos?

Guiscard o encarava com fúria no olhar, mas não quis desrespeitar o pai. Onfroi prosseguiu.

– Porque acha que o senhorio mandou o filho para aprender a ser ferreiro? – apontou para Dmitrei, como se o menino não estivesse ali. – Ele não quer ver seu filho morrer no campo de batalha, engasgado com o próprio sangue enquanto segura as tripas fora da barriga!

– Melhor morrer com honra do que se esconder a vida inteira como um covarde! – respondeu Guiscard, levantando-se.

Seu filho foi dormir sem fazer a refeição. Era impetuoso como o fogo que derretia o metal. Dmitrei o observava, resignado. Comeram o ensopado e foram dormir. Tudo o que o ferreiro conseguia pensar era em como dissuadir o filho. Talvez o padre pudesse ajudar. Talvez.

※

A manhã chegou junto com uma névoa que cobria a campina. Após entregar a foice do camponês, que ficou imensamente satisfeito com o resultado, Onfroi deixou algumas tarefas a Dmitrei e foi ter com o padre. Caminhou pelo vilarejo de seu senhorio, observando as famílias trabalhando no campo. Fumaça saía pelas chaminés de algumas das casas, indicando o preparo do desjejum. Tudo o que o ferreiro poderia pensar era em quantas vidas seriam tomadas na batalha pelo interesse dos homens nobres.

A igreja era uma construção rudimentar feita de pedras sólidas. O padre dizia que a rocha simbolizava a fé, que deveria ser sólida e inabalável. O ferreiro cruzou a porta e encontrou algumas pessoas rezando ajoelhadas em frente ao altar. Uma mulher suplicava pela cura de seu filho, com as mãos unidas e lágrimas descendo pelo rosto. Outro homem pedia por sua colheita e pelo bem de sua família. Ele passou por elas e encontrou o padre rezando ao lado da cruz.

– Padre, posso lhe pedir um conselho? – tocou o ombro do homem de fé.

O padre abriu os olhos. Vestia uma batina marrom com uma corda em volta da cintura. Tinha o topo da cabeça raspado, nariz pontiagudo e olhos claros. Levantou-se calmamente e indicou uma passagem ao ferreiro.

– Venha comigo.

Entraram em uma sala menor, onde havia dois bancos e uma pequena mesa.

– Sente-se, meu filho – pediu o padre. – O que tem assombrado o seu coração?

– Meu filho quer se tornar um cavaleiro – disse Onfroi. – Não sei como convencê-lo do contrário.

– O sonho de todo jovem... – suspirou o padre. – Qual a sua vontade?

– Eu quero que ele se torne um ferreiro.

– Por quê?

– Não quero que ele morra.

O padre ponderou a resposta.

– Se eu sugerisse que você se tornasse um padre, o que pensaria?

O ferreiro ficou confuso com a pergunta, mas a resposta era óbvia.

– Eu negaria. Nasci para ser um ferreiro!

– E eu, para ser padre. E se o seu filho nasceu para ser um cavaleiro?

– A cavalaria é apenas para filhos de homens nobres. Ele será, no máximo, um lanceiro. Eu não quero perdê-lo, padre.

– Então o ajude a buscar o caminho que ele nasceu para seguir. Do contrário, irá perdê-lo também.

Onfroi não conseguiu pensar em algo para falar. O padre lhe observava com benevolência.

– O que faria se ele fosse um lanceiro?
– Faria a melhor armadura que um ferreiro já forjou.
– Então é o que deve fazer – disse o padre.

Além da porta, eles ouviram mais pessoas que chegaram para rezar. A mulher que chorava fungou e, na rua, uma carroça passou atritando suas rodas na estrada.

– Mas apenas uma armadura não adiantaria, padre. Se os outros morrerem e ele ficar sozinho, morrerá também. Todos os homens precisariam usar as melhores armaduras.

– Mas não é o que você está fazendo para o senhorio, filho?

O ferreiro baixou a cabeça. Não era. Sabia que não poderia mentir para o padre. Maldita hora que foi pedir conselhos a um homem de fé.

– Não uso o melhor metal que tenho, padre – revelou envergonhado.

– Custaria mais do que o senhorio irá lhe pagar?

– Na verdade, não. Mas é a única forma de juntar riqueza o suficiente para não depender mais de um senhorio.

– Mesmo que isso custe a vida de seu filho? – perguntou sagazmente o padre.

Onfroi mordeu o lábio inferior e esfregou as mãos. Conforme o padre, ele teria duas alternativas: usar seu metal para fazer boas armaduras e armas e tentar ajudar o exército do senhorio ou manter o seu tesouro e esperar a notícia da morte do filho. Sentiu que seu coração estava entre a marreta e a bigorna, sendo golpeado com a fúria que ele usava para fazer suas melhores armas.

– O que devo fazer, padre?

Aquele homem sábio colocou a mão em seu ombro, transmitindo uma serenidade invejável na voz. Encarou-o diretamente nos olhos.

– Rezarei para que Deus lhe conceda a resposta, mas tenho certeza que onde estiver o teu tesouro, aí estará também o teu coração. Ide em paz, filho do senhor.

O ferreiro agradeceu o padre e caminhou em direção à ferraria. A névoa já começava a se dissipar com os primeiros raios de sol. Ele não conseguia entender porque um homem trocaria aquela vida tranquila pelo júbilo da batalha. Em seu coração um duelo era travado. Ele não se sentia capaz de dizer o que era mais valioso para si.

Quando abriu a porta, deparou-se com Dmitrei e Guiscard empunhando espadas um contra o outro, em uma brincadeira de cavaleiros. O garoto olhava admirado para o seu filho, como se já fosse um cavaleiro juramentado. Guiscard baixou a espada e se ajoelhou na direção de seu pai.

– Meu pai. Peço perdão pelas minhas palavras. O senhor não é um covarde.

Onfroi sentiu a marreta esmagando seu coração.

– Pretende mesmo se tornar um cavaleiro?

– Sim – respondeu Guiscard.

– Sabe que pode morrer nessa guerra, não sabe?

– Sei, meu pai. Mas quero lutar contra os ingleses.

– Tem certeza?

– De todo meu coração.

Onfroi pensou por um momento e foi inevitável recordar-se das palavras do sábio padre.

Onde estiver o teu tesouro, aí estará também o teu coração.

– Então vá avisar o senhorio que preciso de um tempo a mais para preparar o que me pediu, mas ele não irá se arrepender. Apoiará o conde de Armagnac com as melhores espadas e armaduras que a França já viu.

Guiscard aquiesceu, feliz por fazer as pazes com o pai. O ferreiro olhou para Dmitrei, que o fitava curioso.

– Vá pegar carvão, garoto. Muito carvão. E se prepare, que vamos trabalhar como nunca.

O garoto começou a alimentar o forno. Onfroi abriu o alçapão que dava acesso ao porão da sua ferramentaria. Caixas e mais caixas de metal nobre começaram a ser puxadas para cima. Ele já fora soldado e sabia o que ganhava batalhas. Não era apenas bravura ou estratégia. Era necessário o melhor armamento. A guerra já durava quase cem anos, mas uma hora teria fim. E seu papel seria fundamental. Faria isso pela França, pelo rei, pelo conde, mas, acima de tudo, por seu filho. Começou a trabalhar com determinação, pois sabia que a vitória do exército passava também por suas mãos. Sabia que ela seria forjada a ferro e fogo.

Contato do organizador:
ascronicasdoapocalipse@gmail.com
www.ascronicasdoapocalipse.com.br

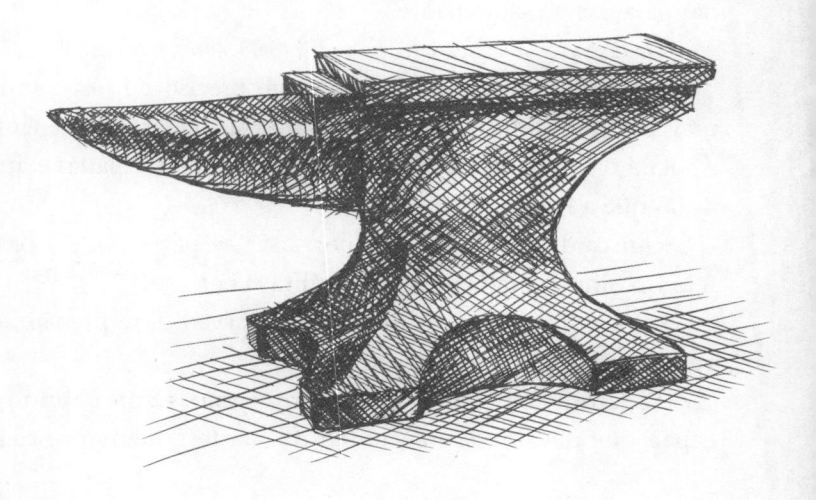